「これは……
恥ずかしいという
感情なのでしょうか……」
異世界で
チート能力を
た俺は、
世界をも
無双する
15
Character
冥子
メイコ
死後の世界【冥界】に漂う"悪意"が結晶化して生まれた存在。自身を呪縛から解放した優夜を慕い、彼の『メイド』として行動を共にする

ここのところ出番が少なく
ちょっとご機嫌斜めな少女
Character
ユティ
今は亡き『弓聖』の弟子であり、規格外な戦闘力を誇る少女。最近は、世界線を超越して無双を続ける優夜となかなか一緒にいられず、ちょっとモヤモヤ?

「もふもふいっぱい……
悪くない」

Character

サーラ

かつて地球の人類を支配しようとした神々を相手に戦った少女。神々との戦いの中で棺に封印され、優夜の家の物置部屋で永い眠りについていた

「貴方たちは……
神を見たことがないのですか？」

Contents

I got a cheat ability in a different world, and became extraordinary even in the real world.15

異世界でチート能力（スキル）を手にした俺は、現実世界をも無双する15
～レベルアップは人生を変えた～

美紅

ファンタジア文庫

3380

口絵・本文イラスト　桑島黎音

異世界でチート能力を手にした俺は、現実世界をも無双する15
～レベルアップは人生を変えた～
I got a cheat ability in a different world,
and became extraordinary even in the real world.15
Miku illustration:Rein Kuwashima

プロローグ

——また、同じ夢を見る。

『——サーラ様、お逃げください！』

ムーアトラの民が、私にそう言った。

——地球が長い年月をかけ、生み出した人間たち。

だが、神々は人間を玩具（おもちゃ）のように扱い、支配した。

故に、地球は愛（いと）しい我が子である人間を救うべく、私を生み出したのだ。

私は地球から授かった使命を守るため、神々から人間たちを解放すると、ムーアトラという大国を築いた。

ムーアトラは、人間たちの手によって様々な技術を発展させ、美しい国へと成長した。

だが——その面影はもうない。

神々の召喚した『神獣』によって、壊滅状態となったからだ。

神獣はムーアトラの半分にも迫る巨軀を誇り、今もなお、人間たちを殺戮している。

『お前たちを見捨てて逃げられるわけがないだろう⁉』

故に、人類の守護者として生み出された私が、民を見捨てて逃げることなど、できるはずがなかった。

しかし、民たちは一歩も引かない。

『いいえ。ヤツらの狙いは、我々ではありません……貴女様です』

『！』

『貴女様もお気づきでしょう。ヤツらは、完全に地球を掌握するため、【星力】を消耗させようとしているのです！』

そう、民の言う通り、神々の狙いは私……否、地球の持つ『星力』の消耗だった。

すでに壊滅状態とはいえ、未だ私たちが神獣と戦えているのは、この地球から得ている『星力』による力が大きい。

しかし、その『星力』も無限ではない。

私を含め、民たちが神々に抵抗すればするほど、『星力』を消耗していく。

このまま『星力』が潰えてしまえば、地球は滅びを迎えるのだ。

そうなってしまえば、もはやこの地は神々の物となる。

それだけは避けねばならなかった。

だが――――。

『……たとえそうであるとしても、人類の守護者として生み出された私に、お前たちを見捨てることはできない』

『サーラ様……！』

『それに！　我らの力が有限であるように、神々とて絶対ではないのだ』

確かに、神々の持つ『神力』は恐ろしく、強力だ。

全能ともいえるだろう。

この力を使えば、人間はおろか、あらゆる生命体を無限に生み出すこともできる上に、世界の法則を書き換えることだって可能なのだ。

だが、そんな強力な力を封じているのが、地球であり、『星力』である。

この地は神々の物ではない。地球の物だ。

そんな地球の上での暴挙を、許せるはずがなかった。

『だから絶対に、私は諦めない。お前たちも、力を貸してくれ！』

『サーラ様……』

とはいえ、神々は『神力』を掻き集め、神獣という災厄を生み出した。

神獣は、神々のように生命体を生み出せるわけでも、世界の法則を書き換えられるわけでもない。

だが、滅びの化身として、この星に住むすべての生命を滅ぼしていくのだ。

そんな化物を相手に、私たちは戦った。

次々と倒れていく人間たち。

それでも諦めず、私は戦い続けた。

だが――――。

『なっ⁉』

突如、私の体が大きく引っ張られる。

『星力』を持つこの私を、抵抗する間もなく引きずり込もうとするのだ。

突然の事態に困惑する中、私はその正体に目を向ける。

するとそこには、金色に輝く棺が、開いた状態で鎮座していた。

棺は私を容赦なく吸い込むと、そのまま閉じ込める。

『なんだ、これは！　開けろ！』

私は必死に内側から叩くが、棺はびくともしない。

『神力』にすら匹敵する、私の『星力』をもってしてもである。

こんなことは初めてだった。

だが、それも仕方のないことだった。

何故なら、この棺は――――地球によって生み出されたものなのだから。

『サーラ様、すみません。もはや、こうするしかないのです……！』

『何を言っている！　私をここから出せ！』

必死にそう告げるが、民たちは私を棺から出そうとしなかった。

――――人間たちが、私を逃がすため、地球に願った物が、この棺なのだ。

そして、その願いに地球も応えた。

故に、私は棺から逃れることはできない。

私は、地球によって生み出された存在なのだから――――。

『サーラ様。貴女様こそが、この星の最後の希望なのです』

その声には、計り知れない覚悟が込められていた。

『お前たち、何を考えている……？　馬鹿なことはやめろ……！』

『サーラ様。どうか――――生きてください。我々の、誇りと共に――――』

次の瞬間、私は意識が遠のくのを感じた。

私は必死に意識を繋ぎとめようとするが、抗うことはできない。

『やめろ……やめろおおおおおおおおおお！』

そして――――私の意識は途切れた。

――それからどうなったのか、私には分からない。

それから私は、あの光景を夢に見るのだ。

何度も何度も、同じ夢を。

夢を見るたびに、私は何度も何度も手を伸ばすが、それが夢であり、しかし現実である以上、私にはどうすることもできなかった。

だからこそ、私は祈る。

願わくば、ムーアトラの……地球の民が無事であることを。

そして、どうか私を――――目醒めさせてくれますように。

＊＊＊

『世界の間』でのインたちとの戦闘から帰還した俺たち。

だが、帰還してすぐ、ボロボロのイリスさんがやって来たのだ。

「い、イリスさん⁉　大丈夫ですか！」

俺は『完治草のジュース』を取り出すと、慌てて抱きとめたイリスさんにそれを飲ませる。

すると一瞬にしてイリスさんの体にあった傷は消えたが……。

「あ、ありが――」

「イリスさん！」

「……気を失ったみたいですね」

「にゃ」

『完治草のジュース』は、傷こそ完全に治癒させることができるのだが、失った体力を回復させることはできない。

「……ひとまず、賢者さんの家に向かおう」

俺はイリスさんを抱きかかえ、いったん賢者さんの家に移動する。

そしてベッドに寝かせたところで一息ついた。

「『剣聖(けんせい)』のイリスさんがあんな状態になるなんて……一体、何があったんだろう……？」

もしかして、また『邪(じゃ)』に関係する何かが起こったんだろうか？

とりあえず、霊冥(レイメイ)様に『世界の間』であったことを報告しないといけないし……。

あれこれ考えていると、冥子(メイコ)が口を開く。

「イリス様の様子は私が見ておきますので、ご主人様は一度、地球の家に戻られてはどうでしょう？」

「お願いしていい？」

「はい！」

「ありがとう。それじゃあステラ、俺の家族たちを紹介するね」

「にゃー」

俺は冥子の言葉に甘えて、ステラを連れ、地球の家に戻る。

すると、何故か【異世界への扉】が置かれている部屋……つまり、物置部屋に、レクシアさんを含め、皆が集まっていた。

「――――ユウヤ様！」

そんな中、真っ先にレクシアさんが俺に気づくと、駆け寄って来るや否(いな)や、その勢いのまま抱き着いてきた。

「れ、レクシアさん⁉」

「ユウヤ様、大丈夫だった？」

「は、はい。大丈夫、でしたけど、その……」

まさか抱き着かれるなど思ってもいなかったため、混乱してしまう。

すると、すかさずルナがやって来て、レクシアさんの首根っこを摑んだ。

「何をやっている！　離れろ！」

「離れないわ！」

「離れないじゃない！」

レクシアさんがルナによって強制的に引きはがされると、いつものように二人の言い争いが始まった。

しかしすぐに言い争いが収まると、ルナが俺に視線を向ける。

「それよりも……お帰り、ユウヤ」

「あ、ありがとう」

何というか、誰かにお帰りって言ってもらえるのは、やっぱり嬉しいな。

俺がルナに応えながら微笑むと、ルナは何故か勝ち誇った表情を浮かべ、レクシアさんに視線を向けた。

「どうだ？　これがユウヤとの適切な距離感というものだ」

「ムキー！　何よー！　……でもいいわ！　私はルナと違って、抱き着いちゃったしい！」

「何だと!?」

……何故か、また言い争いが始まってしまった。

俺が二人の様子に苦笑いを浮かべていると、空夜さんたちが近づいてきた。

『戻ったか』

「オーマさん、空夜さん！」

「どうであった？　『世界の間』は……」

「……色々ありましたけど、何とかなりました」

俺は改めて『世界の間』で起こったことを、簡単に説明した。

そんな俺の話を聞き終えて、空夜さんは唸る。

「なるほどのぅ……世界から弾き出された者たちの世界……だからこそ、そんな者たちが理想の地を手に入れるため、色んな世界を侵略しておったんじゃな……」

『フン。ずいぶんと大掛かりな話だな。ただ、我としては、そんな連中よりも、その世界

から弾かれた者が、こうしてこの場にいることに驚いているが……』

「にゃ～」

オーマさんはそう言いながらステラに視線を向けた。

当の本人であるステラは、オーマさんを気にもかけず、呑気に欠伸をしている。

その様子を眺めつつ、俺はふと気になることを訊く。

「そう言えば……皆集まってどうしたんですか？」

「あ、そうだわ！　ユウヤ様、大変なのよ！」

「え？」

慌てた様子のレクシアさんに俺が首を捻ると、空夜さんは困惑した様子で口を開く。

「何から説明したものかのぅ……」

「まずは、この女性からじゃないですか？」

「女性？」

「見てみろ」

ルナの示した先には、赤髪の見知らぬ女性の姿があった。

しかもその女性は気を失っているようで、その場に眠っている。

「だ、誰ですか？」

まったく知らない人間がこの場にいることに驚きつつ、そう口にすると、皆が一様に顔を見合わせた。

そして、皆を代表して、オーマさんが口を開く。

『……その女は、そこに転がっている棺から現れたのだ』

「棺？」

首を傾げる俺に対して、オーマさんがある方を示す。

するとそこには、何度か目にしていたファラオの棺のようなものが、完全に開いた状態で転がっていたのだ。

「えっ……ええええ⁉　あ、あの中に人がいたんですか⁉」

『やはり主も知らんかったか……』

それは当然だろう。

なんせこの物置部屋に集められているのはすべておじいちゃんが集めてきたもので、俺はどれも関知していない。

ただ、あの棺の見た目から、もしかしたら本物のミイラでも入ってるんじゃないかとか、考えたことはあったけど……。

「い、生きた人間が入ってるなんて思うわけないじゃないですか……」

「同意。みんな驚いてる」

唯一ユティだけが、いつも通りのテンションだったが、皆の様子を見る感じでは、あのオーマさんですら気づかなかったようだ。

というより、いつから入ってたんだ……？　それどころか、どうして生きてるんだ!?

考え出したらキリがない状況に混乱する俺。

だが、そこにさらなる爆弾が落とされる。

「その、優夜。あともう一つ伝えねばならんことがあるんじゃ」

「は、はい？」

「ナイトたちのことなんじゃが……」

「ナイト？　あれ？　そう言えば、ナイトたちはどこですか？」

ここまで皆が揃っている状況なら、ナイトたちがいてもおかしくないのに、何故かこの物置部屋にはナイトどころか、あのマイペースなアカツキやシエルさえいなかった。

俺がきょろきょろと辺りを見渡していると、空夜さんが言い辛そうにしながら続ける。

「ナイトたちじゃが――――消えた」

「…………はい？」

空夜さんの言葉の意味が分からず、俺はつい聞き返してしまった。

「消えたって……どういうことです？」

「そのままの意味じゃ。ナイトたちも麿たちと一緒に、この部屋にいたんじゃ。しかし、そこにかけられている仮面の一部が、ナイトたちの元に落ちてきて、それに触れたナイトたちは、気づけば消えていたんじゃ」

「え」

空夜さんの示した先には、確かに不気味な仮面がいくつか壁にかけられている。

しかし、その仮面の個数が減っていたのだ。

「消えたって……！　どこに!?」

俺はあまり感じたことがないが、オーマさんたちからすれば、この部屋は色々な力が渦巻く危険な場所だという話だ。

そして、その中の一つである仮面も、当然普通だとは思えない。

ナイトたちの身に何かあったら……！

焦る俺に対して、オーマさんが口を開く。

『心配する気持ちは分かるが、恐らく大丈夫だろう』

「ど、どうしてそう言えるんですか⁉」

『ナイトは我と並ぶ【ブラック・フェンリル】なんだぞ？　それに、アカツキも特殊な存在で、さらに【鸞】のシエルまで一緒なのだ。何が起こっても大丈夫だろう』

「そ、そうかもしれないですけど……」

俺だって、ナイトたちが強いことは知っている。

だが、それと気持ちは別で、心配なのだ。

『何より、今のお前にはやるべきことが山のようにあるだろう？　ここに眠る小娘のこともそうだが、向こうの世界でも何かあったのではないか？』

「……」

オーマさんの言う通り、イリスさんからも助けてくれと言われた。

ただ、それが何のことなのかまだ分からないのだ。

すると、空夜さんが俺の肩に手を置く。

「ひとまず、できることから一つずつやっていくんじゃ。麿もオーマと共に仮面について調べてみる。大丈夫、ナイトたちは無事じゃよ」

「同意。ナイトたちは強い。それに、ここでユウヤも消えたら、収拾がつかなくなる」

ユティの言う通り、今ここで俺が壁にかかっている仮面に触れ、何かあったら、助けを求めてきたイリスさんのことを放置することになる。

それに、目の前で眠る女性についてもまだ何も分かっていないのだ。

……大丈夫。

確かに、この部屋には色々なものが置かれている。

だが、ここにある物が、今まで俺に不幸をもたらしたことは一度もなかった。

そりゃあメルルさんの故郷であるエイメル星の兵器の設計図だったり、とんでもない物が転がっていることもあったが、空夜さんとの出会いなど、いいことばかりだ。

何より、いくら収集癖のあるおじいちゃんでも、危険なものは集めていない……と思いたい。

「……分かりました。仮面についての調査、お願いします」

「うむ、任せるがよい！　霊冥(レイメイ)様にも聞いてみよう」

『我の不注意でもあったからな。全力を尽くそう』

空夜さんとオーマさんは、仮面の調査をしてくれると言ってくれた。

それで俺がひとまず安心したところ、レクシアさんが声をかけてくる。

「ねえ、さっきオーマ様が向こうの世界で何かあったって……それって私たちの世界のことよね？　何があったの？」

「その、実は……」

「――ご主人様！　イリス様が目醒めました！」

イリスさんのことについて話そうとしたところ、ちょうど目を醒ましたらしく、冥子(メイコ)が呼びに来てくれた。

早速イリスさんの元に向かう俺とステラだったが、それにレクシアさんとルナ、ユティがついてくる。

オーマさんと空夜さんは、謎の女性について見ていてくれるようだ。

すると、レクシアさんが俺の足元にいるステラに気づいた。

「そう言えば……その子のこと、まだしっかり教えてもらってなかったわね」

「えっと……あとで改めて紹介しますね」

「にゃー」

「か、かわいいな……」

ステラの挨拶に、ルナが頬を赤く染め、小さく呟(つぶや)いた。

そんなこんなでイリスさんの元に向かうと、イリスさんは俺を見るなり勢いよく体を動かそうとする。

「ユウヤ君！　っ……」

「イリスさん！」

だが、まだ体力が全快していないようで、ふらついたイリスさんを俺は慌てて抱きとめると、もう一度寝かせた。

「無理をしないでください」

「……ごめんなさい。つい焦って……」

「あのイリス様がこんな状態になるなんて……一体何があったんです？」

傷こそ治っているが、衣服などはボロボロのため、激しい戦闘の後だということは一目で分かった。

そのため、普段のイリスさんの強さをよく知るルナが、驚きながらそう尋ねた。

すると……。

「宣戦布告があったのよ」

「宣戦布告？」

意味が分からずに俺が首を傾げていると、レクシアさんが口を開く。

「どこかの国が戦争を仕掛けたんですか？」

「だとしたら、イリス様がこんな状態になっているのはよく分からんが……」

「強者。イリスは強い。それに、『聖』だから戦争とは関係ないはず」

それぞれがそう口にする中、イリスさんは頷いた。

「ユティの言う通り、相手は国じゃないわ」

「国じゃないって……それじゃあ一体何が相手なんです？　『邪』は前に倒したはずですが……まさか、また邪教団の力で『邪』が復活したとか？」

「――――『聖』よ」

「「「!?」」」

俺たちはイリスさんの言葉に目を見開いた。

可能性として、邪教団の残党が、また別の時代の『邪』を復活させたのかとも思ったが、そうではなかった。

なんと、その相手はイリスさんと同じ『聖』だというのだ。

「な、なんで同じ『聖』が……もしかして、前と同じように『邪』の力を手にしたんですか？」

「いいえ。『邪』の力じゃない……アレは私たちが会得した『神威』と似て非なる力だったわ」

「え⁉」

『神威』は、俺たちが観測者たちの下で虚神を倒すため手に入れた力だ。

その名の通り、神の如き力だったが、それこそ観測者がその力で何でもできたのに対し、俺たちの『神威』は瞬間移動や体の強化など、できることは些細なものだった。

とはいえ、この力を会得するため、俺たちは人間を辞めたわけで、完全ではないにしろ『神威』の名に相応しい力を持っていたのだ。

「相手が使っていたのは『神力』……こっちが不完全なら、向こうは完全な神の力って感じだったわ」

「か、完全な……それって、観測者と同じってことですか？」

「いいえ、もっと神秘的な……それこそ、本物の『神』のようなものだと思うわ」

確かに、観測者はあくまで上の次元の住人であり、その力は凄まじいが、神とはまた違った存在だった。

だが、イリスさんの語る『神力』を持つ『聖』は、俺たちの認識にある神に近い存在だというわけだ。

「その『神力』を手にした『聖』が、世界に宣戦布告したのよ。自分たちの管理下に降れって。そして、それを拒否すれば……殺すってね」

「……」

俺たちはその話に唖然とした。

「ど、どうしてそんなことを……」

「……ヤツらの狙いはただ一つ。アイツらの手で世界を管理し、『邪』の生まれない世界を創り出そうってこと」

「は？」

あまりにも突飛な話に、俺は理解が追いつかない。

「世界を管理することと、『邪』の生まれない世界ってどう結びついてるんですか……？」

「ユウヤ君も知ってると思うけど、『邪』はこの世界に生きるすべての存在の負の感情が集まった存在。だからこそ、すべての生物から負の感情を消すため……全人類の感情を管理するってことよ」

「そんな⁉　いくら何でも滅茶苦茶よ！」

イリスさんの言葉に、レクシアさんがそう叫んだ。

「……当然、レクシアちゃんの言う通り、滅茶苦茶な言い分よ。確かに私たち『聖』は『邪』に対抗するため、この星から力をもらっているわ。でも、『邪』を滅ぼすためにこの星に住むすべての存在を管理するなんて、そんなこと認められるはずがない」

「……一つ疑問なんですが、そんな滅茶苦茶な行動をして、『聖』の力は剝奪されないのですか？」

ルナが思った疑問を口にすると、イリスさんは首を振る。

「普通なら剝奪されるでしょうね。でもアイツらは……『神力』の影響なのか、『聖』の力もそのままなのよ」

この星……アルジェーナさんから、俺も『聖邪開闢（せいじゃかいびゃく）』という力をもらっている。

この力はその名の示す通り、『聖』と『邪』の二つの力を操ることができるものだ。

確かに『邪』はこの世界の生物にとって脅威になるが、『邪』という側面そのものは、世界にとって必要なもの。

それを完全に消そうとしたり、ましてや無関係な人々を管理しようだなんて……。

「その、宣戦布告って話でしたが、それはどこかの国に対してなんですか？」

「いいえ、全世界によ。それこそ『神力』の力なんでしょうね……全世界の上空に自身の姿を映し出し、そこで世界に向けて告げたのよ」

「それでどうなったんです？」

レクシアさんがそう訊くと、イリスさんは難しい表情を浮かべていた。

「いくら『聖』の一人とはいえ、人類の管理だなんて馬鹿げた話、どこの国も認めるわけないわ。だから今のところ世迷言として静観してる国と、討伐隊を編制している国の、主に二つに分かれ始めてるわね。確か、アルセリア王国は静観していたはずだけど……」

「お父様……」

レクシアさんの父親であるアーノルド様が治めるアルセリア王国では、この事態をひとまず静観しているようだ。

それは決してその『聖』に従うということではなく、あくまで状況の把握に動いているのだろう。

「イリスさん。その人類の管理を進めようとしてる『聖』は一体誰なんですか？」

「『刀聖』……シュウ・ザクレンよ」

忌々し気な表情を浮かべ、イリスさんはその名を口にするのだった。

第一章　神威と神力

「わふぅ……」

優夜たちがシュウの話を聞いている頃。

ナイトたちは途方に暮れていた。

優夜の家の物置部屋にあった不気味な仮面の力によって、いきなり謎の世界に飛ばされてしまったのだ。

周囲には人の気配どころか、生物の気配すら感じられない。

しかし、広がる砂地には、明らかに文明の名残である建物が、朽ちた状態で埋まっているのだ。

この謎の世界に来てしばらく時間が経ったが、特に元の世界に戻れそうな様子はない。

ナイトはこれ以上、この場で考えていても仕方がないと判断すると、ひとまず周囲の建造物を探索するため、アカツキたちに声をかけた。

「わふ。わん！」

「ふご～」

「ぴ！」

「わふ……」

だが、アカツキは最初から考えることを放棄し、ナイトの言葉にただ頷く。

それはシエルも同じで、先輩であるナイトの言うことは絶対だ、と否はなかった。

そんな二人の様子をナイトは不安に思いつつも、ひとまず近くのビルに足を運ぶ。

すると、やはりナイトも知っている、地球にあるようなビルと同じ造りだった。

ひとまず、手分けして周囲を探るように告げると、各々（おのおの）で動き始める。

「わふ」

ナイトはまず、このビルの建物自体に興味を示した。

警戒しつつ、建物の壁に触れてみるが、特に何も起こらない。

「わん！」

そこで、ナイトは少し気合を入れて、目の前のビルの壁に爪で攻撃を仕掛けた。

すると、ナイトの攻撃によって、ビルの壁はあっさりと斬り裂かれる。

「わふぅ」

その様子を見て、ひとまずビル自体は特別な材質ではないと判断する。

また、内部も調べていくが、ビルそのものとは異なり、すでに朽ち果て、まともなものは何一つ残っていなかった。

いったん探索を切り上げ、元の場所に戻ると、アカツキが呑気に寝ている。

「わん！」

「ぶひ〜？」

「わふぅ……」

ナイトが何かなかったかと訊くも、どうやらアカツキは最初から動いていなかったようで、気の抜けた返事を返すだけだった。

アカツキのマイペースさに呆れていると、シエルが帰って来る。

「わん！」

「ぴ！」

「わふ？」

帰って来たシエルにも何かなかったか訊ねたが、やはり変わった点はなかった。

否、変わった点がないということこそ、一番変わっている点とも言えた。

何故なら、こんな特殊な場所であるにもかかわらず、このビルの材質や建築様式は、地球にある物となんら変わりがなかったからだ。

つまり、この世界は地球と関係があるのでは……？

それこそ、ナイトたちと同じように、何らかの方法でこの世界に地球の物が流れ着いたのかもしれない。

もしくは、地球に似た別の世界の可能性も……。

ナイトは少ない情報で、様々な推測を立てていった。

こうして色々な可能性を考えつつ、移動を開始すると、不意に何かの気配が近くに出現したのを感じ取る。

「わふ⁉」

その気配に対し、ナイトは驚きの声を上げた。

というのも、移動中もナイトは警戒を怠っていなかった。

しかし、そんなナイトの警戒を掻い潜り、気配が出現したのだ。

「わん、わん！」

「ぴ！」

「ぶひ」

ナイトがすかさず警戒するように呼びかけると、シエルたちは戦闘態勢を取る。

そして――――。

「――――グオオオオオオオオオオオオオオオ！」

――――異形の怪物が、ナイトたちの前に姿を現すのだった。

＊＊＊

あれからさらに詳しくイリスさんの話を聞いた後、俺たちは一度地球の家に戻って来ていた。

イリスさんはすぐにでも動き出そうとしていたが、やはり体力が回復していなかったため、一日だけでも休んでもらうことにしたのだ。

だが、イリスさんが焦っているのも理解できる。

何故なら、イリスさんを逃がすため、ウサギ師匠とオーディスさんが『刀聖』……シュウというヤツらに囚われてしまったようなのだ。

まさか、ウサギ師匠たちと一緒に挑み、負けるなんて……。

改めてイリスさんたちの状況を空夜さんたちにも伝えた。

「なるほどのぉ……」

『フン、愚かな人間どもが考えそうなことだな』

俺の説明を聞いた空夜さんは難しそうに考え込み、オーマさんは鼻で笑った。

「この短い間でずいぶんと事が大きくなっているようじゃのぅ……それで？　優夜はどうするんじゃ？」

「……俺は、助けに行きます」

ウサギ師匠たちが捕まったと聞いて、動かないわけにはいかない。

確かに謎の女性のことだったり、ナイトたちの行方など、気になることはたくさんある。

だが、イリスさんたちや、異世界のことを放っておくわけにはいかなかった。

空夜さんは俺の言葉に頷くと、思い出したように続ける。

「そう言えば……それどころじゃなくてちゃんと聞けていなかったが、優夜の隣にいるのが……」

「にゃー」

ステラは改めて自己紹介するかのように一つ鳴くと、前足を上げた。

「この子は『世界の間』で出会った、ステラです。【ディメンション・キャット】という種族らしいんですけど……」

「ふむ、知らんのう」

『我も聞いたことがないな』

なんと、オーマさんですら聞いたことがないらしい。

だが、オーマさんはステラを見て、呆れたように続ける。

『とはいえ、我が知らぬのも無理はない。そもそも【世界の間】など、普通は行くことすらできん。故に、そこがどんな場所なのかも、ましてや生命体がいるのかさえ知らん』

「ですよね……」

俺だって、並行世界の『俺』や、インという存在と出会っていなければ、『世界の間』なんて関知するはずがなかったのだ。

『何にせよ、新たな戦力は歓迎するべきだろう。なんせ、今はナイトたちもいないのだからな』

「……そうですね」

果たして、俺だけでイリスさんたちの助けになるのか……。

ついそんな後ろ向きな考えになっていると、足元に柔らかな感触が。

「にゃにゃ」

「ありがとう」

するとと、ステラがまるで任せろと言うように、俺の足に前足を乗せてきた。

……そうだな、いつまでも落ち込んではいられない。

ナイトたちのことは空夜さんたちが調べてくれると言うし、俺は俺でイリスさんたちの方に集中するべきだ。

ステラのおかげで気が引き締まったところで、再びオーマさんが俺とステラを見る。

『とはいえ、あまり心配はいらぬかもしれんがな……』

「え？」

『そのシュウとやらが身に付けたという【神力】がどれほどのものなのかは我には分からん。だが、賢者未満なのは確かだろう』

「いや、それは……」

戦っていないから何とも言えないが……そう言われてしまうと、そんな気がしてくる。

むしろ、賢者さん以上だったら、俺は手も足も出ないだろうな。

『何より、主はそこのステラと同じ力を【世界の間】で手に入れたのだろう？　ならば問題なかろう』

俺は『世界の間』でインたちと戦い、勝利したことは伝えたが、具体的にどう倒したかは特に伝えていない。

にもかかわらず、オーマさんは一目で俺の体内に渦巻く新たな力に気づいたようだった。

……まあこの『存在力』って力も、結局どんな力なのか、いまいちよく分かっていないんだが……。

すると、今まで黙って俺たちの話を聞いていたルナが目を見開く。

「ユウヤ……お前、また強くなったのか……？」

「え？　ま、まあ……そうなる、のかな？」

「さすがユウヤ様だわ！　でも、これじゃあいつまで経っても追いつけないじゃない！」

「は、はい？」

「……コイツは無視しろ」

「何でよ！」

いつも通り、ルナとレクシアさんの言い争いが始まってしまったが……追いつくって何のことだろう？

レクシアさんの言葉に俺が首を傾げる中、空夜さんは数瞬の間目を瞑り、静かに開く。

「……うむ。霊冥様にも『世界の間』でのことは伝えておいたぞ」

「あ、ありがとうございます！　こちらが落ち着き次第、改めてご挨拶に伺います！」

今回、霊冥様にはとてもお世話になったからな。ちゃんと挨拶に行かないと……。

「それと、ナイトたちのことと『神力』のことについても聞いてみたが……すまんのぅ、ナイトたちの行方については、霊冥様も詳しいことは分からんそうじゃ。仮面を直接見ることができればまた違うのやもしれんが、これでまた触れた瞬間どこかに飛ばされてしまっては笑えん」

「それは……確かにそうですね」

歯がゆいが、これ以上の被害を出さないためにも、あの仮面には迂闊に触れない方がいいだろう。

というより、本当なら今すぐにでもどこかに厳重に保管してしまいたいたかった。

「ただ……『神力』については少し分かったぞ」

「本当ですか!?」

イリスさんからも軽く聞いてはいるが、まだその力の本質をしっかりと把握できていないようだった。

それがここで分かるのなら、とてもありがたい。

――そう思っていたのだが、空夜さんの説明を聞いて、シュウという存在がいかに強力なのかを思い知ることになった。

「まず優夜たちが扱える『神威』と『神力』は本質的には同じものだそうじゃ。文字通り神の如き力で、何でもできる。それこそ世界を創ることも、破壊することものぅ」

「はい」

それは観測者たちの力を実際に見たのでよく知っていた。

ただ、世界が本当に創れるのかどうかはよく分からないが……それでも強力なことに変わりはない。

「ただ、俺やイリスさんの『神威』は完全ではないんです。もしかしてシュウたちの『神力』は完全なのでしょうか？」

「それは麿にも分からん。じゃが、こうしてイリス殿が優夜の家に辿り着けたこと、それとまだ世界が管理されていないことを考えると、そのシュウとやらの『神力』も不完全なものなのじゃろう」

「え？」

「考えてもみなさい。もし本当に完全な『神力』を扱えるのだとしたら、宣戦布告などという面倒なことはせず、その力で勝手に世界を管理してしまえばよかろう？」

『空夜の言う通りだな。それができるほどの力がないから、迂遠な方法をとっているのだろう』

「とはいえ、ここからが問題じゃ。優夜たちの『神威』では、極端に強くなることはまずない。これは、元々観測者という上位の存在が生まれ持った資質を、無理やり人間である優夜たちに植え付けたからじゃな。実際、『神威』を手に入れるために人間を辞めたんじゃろ？」

「ま、まあ……」

「……改めて聞くととんでもない話よねぇ」

「特に見た目が変わった様子はないがな」

いつの間にか言い争いを止めていたレクシアさんたちが、どこか遠い目をしながらそう呟いた。

ま、まあ俺の場合は『神威』を手に入れる前から、レベルアップの恩恵で普通の人間から逸脱してしまってるんだけどね……。

「ともかく、優夜たちの『神威』が己をすぐには強化できないのに対して、シュウとやらの『神力』は、神のように、信仰を得ることで力を増していくんじゃ」

「信仰？」

「そうじゃ。人間が神に祈るその力が、そのまま『神力』となるってことじゃな。恐らく、今のシュウはその信仰を集めるために行動している可能性が高いの」

「な、なるほど……じゃあ、この世界を簡単に変えてしまうほどの『神力』を手にする前に、シュウを倒さなきゃいけないってことですか？」

「そうじゃな。そのシュウとやらがいつから動き始めたのかは知らんが……中々厄介じゃのぅ」

これはますます早く動かないと……！

ただ、イリスさんが回復しないと、動くのも難しい。

というのも、シュウたちがいる本拠地の近くまで『神威』で移動するため、イリスさんの力が必要なのだ。

『神威』で瞬間移動するには、それこそ転移魔法と同じく一度でもその場所に行ったことがなければ難しいからな。

その場所を知らない俺だけでは、移動することができない。

そこまで考えたところで、ふとイリスさんから聞いた話の中で気になることを思い出した。

「そう言えば……イリスさんがシュウたちの本拠地から逃げる際に『神威』を使おうとしたそうなんですが、上手く発動しなかったと言っていたんですけど……」

「それにも理由がある。元々強大な『神威』を持っていれば話は変わるかもしれんが、不完全な『神威』である以上、信仰の力で強力になっていく『神力』に飲まれると、上手く

『神威』が発動しないそうじゃ」

「そ、そんな……それじゃあどう戦えばいいんですか？」

俺たちの『神威』が通用しないとなると、かなり厳しい戦いになるだろう。

なんせ俺たちが『神威』を上手く使えないのに対して、相手は『神力』を扱うことができるだけでなく、『聖』の力まで使えるのだ。

さらにそこに魔力も加わると、どうしようもない。

俺の場合、『聖邪開闢』に、魔力、妖力、霊力、そして存在力が使えると思うが……。

『何を心配している？　確かに完成された神の力であれば強大だろうが、完成していない以上、主の力でも十分対応可能なはずだ。心配するな』

「そ、そうですかね？」

「そうじゃな。結局、実際に戦ってみるまで分からんということじゃよ」

……確かに、ここで心配したところで仕方がない。

結局は戦わなきゃいけないんだ。

俺はただ、全力を尽くす……それだけだ。

「あ、そう言えば……あの女性はどうなりました？」

シュウたちのことを話し終わった後、俺は棺から出てきたという女性について尋ねた。

すると……。

「うぅむ……何と言えばよいのかのぉ……ひとまず気を失っていることは確かじゃ。ただ、いつ目醒めるか分からん」

「え？」

「眠っているとでも言えばいいのかのぉ……何らかの力が不足しているようで、それが回復するまでは目醒めんじゃろうな」

「力……魔力みたいなものですか？」

「そうじゃな。ただ、魔力というより、星の力と言えばよいのかのぉ？　ともかく、目醒めるのはまだ先になるじゃろうな」

「そうですか……」

一瞬、食事とか大丈夫なのかと思ったが、よくよく考えればあの棺の中にどれほど長い時間いたのか分からない。

当然、棺の中にいた間は食事なんてできるはずもないだろうから、ご飯を食べなくても大丈夫なのかもしれない。

むしろ、姿こそ似ているが、人間でない可能性もある……というか、そうじゃないと色々おかしいもんな。

……昔の俺なら、人間じゃないってだけで大騒ぎどころか気絶ものだっただろうが、異世界の存在を知り、さらに宇宙人やら観測者やら人間ではない人たちとかかわり過ぎて、あまり驚かなくなっていた。

これはいい傾向なんだろうか……？

その後も色々話し合った後、俺は明日に備えて休息するのだった。

＊＊＊

優夜たちが休息している頃――。

『――答えを聞かせてもらおうか、アルセリア国王よ』

謁見の間にて、国王であるアーノルドに加え、護衛を務めるオーウェンと、王子のレイガーといった、アルセリア王国の首脳者たちが集まっていた。

そんなアーノルドたちの目の前には、シュウ・ザクレンの姿が浮かび上がっている。

どこまでも不遜な態度を貫くシュウに対し、アーノルドは吐き捨てた。

「答えだと？　そんなものは決まっている！　貴様らの管理を受け入れるつもりはな

い！」

アーノルドの言葉を聞いたシュウは、不愉快そうに眉を顰めた。

『……聡明で知られるアーノルド王にしては、愚かな答えだな』

「貴様らにとって、我らの答えが愚かというのであれば、別に構わん。我々は貴様らの思想を受け入れるつもりはない」

『果たして、それは国民も同じだと言えるかな？』

「……何？」

シュウの言葉に、アーノルドは顔を顰める。

『貴方たちは、すでに高い地位にいる。生まれた時から恵まれた環境に囲まれ、何不自由ない生活を送ってきただろう。そんな貴方方と、国民の考えが、果たして一致するだろうか？』

「それは……」

『常に生きるか死ぬかの瀬戸際で生きる者たちは、我らの考えに賛同するだろう』

「……」

「陛下！　耳を貸してはなりません！」

「そうです！　父上の治世は国民に幸せを与えています！」

シュウの言葉に黙るアーノルド。

するとすかさずオーウェンとレイガーが声を上げた。

そしてオーウェンは鋭い視線をシュウに向ける。

「『刀聖(とうせい)』よ。貴方の言う通り、人類を管理すれば、『邪(じゃ)』は消え、無用な争いもなくなるだろう。しかし、感情すら支配された世界は、果たして幸せな世界と呼べるのか？　私はそうは思わない」

『それもまた、生まれながらにして強者だった者の考え方だな』

「だからこそ、父上や私たちは、国民が安心して暮らせるよう、悩みながら歩みを進めているのだ」

オーウェンとレイガーの言葉を聞いていたアーノルドは、再び口を開く。

「……そうだな。我々は人々を管理するのではなく、手を取り合い、話し合うことで、協力して理想とする世界を目指していくべきだ」

力強いアーノルドの視線を受け、シュウは目を細める。

『フン……まあいい。いずれ分かる。どのような選択をしようとも、神の意志は絶対だとな――――』

最後にそう告げると、シュウの姿は消えていった。

その様子を見届けたアーノルドは、ため息を吐く。

「はぁ……果たして、これでよかったのだろうか……」

「もちろんです、陛下」

「父上の言う通り、協力して理想の世界を求めるからこそ価値があるのです。管理された世界など、それは家畜や奴隷と変わりません」

「そうだな……」

アーノルドは静かに天井を見上げた。

「一体、何がヤツをあそこまで駆り立てるのか……」

どこか悲し気に、アーノルドはそう呟くのだった。

＊＊＊

翌日。

俺はしっかり準備を整えると、イリスさんの元に向かった。

「イリスさん、大丈夫ですか？」

「ええ、問題ないわ。ユウヤ君が傷を治してくれたし、一晩寝たおかげで体力も十分よ！」

そう言いながら強気に笑うイリスさん。

まだ万全とは言えないかもしれないが……この感じならひとまず大丈夫そうだな。

「あ、それと今回、俺以外に、冥子とステラも連れて行こうと思います」

「にゃ」

「よろしくお願いします」

気軽に前足を上げるステラと、綺麗なお辞儀をする冥子。

「……昨日は状況が状況で確認できなかったけど、初めて見る子たちね？」

「その、色々ありまして……」

冥子の説明をするには冥界での出来事を話さないといけないし、ステラは『世界の間』という、これまたややこしい状況を説明しなければならなかった。

「ただ、二人とも強いですよ」

「お任せください！」

「にゃにゃ」

二人とも力強くそう口にすると、イリスさんは頷いた。

「いいわ。今はとにかく戦力がほしいし……何よりユウヤ君が強いって言うんだもの。信頼してるわ」

「ありがとうございます！　それじゃあ、出発する前にご飯でも――――」

その瞬間だった。

突如、激しい衝突音が響き渡ったのだ。

「な、何だ⁉」

俺たちは慌てて賢者さんの家の庭に出る。

すると、庭の周辺に、奇妙な人型の存在が何体も立っていた。

そいつらは全身真っ白で、どこか中世の騎士のような恰好をしており、片手には巨大な盾が、そしてもう一方の手には巨大なランスが握られている。

そんな謎の白騎士たちが、この家を取り囲むように立っていたのだ。

「アイツらは一体――――」

「――――一体何なのよ、この結界は……」

「！」

不意に聞こえた声の方に視線を向けると、俺たちの家を見下ろすように、空中に人影があった。

その人物は、二つにくくった紫の髪に、どこか派手な衣装を身に着けた女性だった。

謎の人物の登場に俺が首を傾げていると、後を追ってきたイリスさんが、同じく上空を見上げ、声を上げた。

「ウィップス……！」

「あら、やっぱりここにいたのねぇ」

するると、紫髪の女性は、イリスさんを見て、どこか暗い笑みを浮かべる。

「ほんっと嫌になるわ。ここは星の力が強いせいか、『神力』が上手く働かないし、そのせいでイリスを捜すのに苦労するわで……最悪」

心底面倒くさそうにそう告げる女性。

「イリスさん、あの人は……」

「……彼女は『鞭聖』、ウィップスよ」

「鞭聖……」

改めてその女性……ウィップスの姿を確認すると、確かに手には長い鞭が握られていた。

「ウィップス！　一体、何しに来たのよ！　それに、この騎士たちは何!?」

イリスさんがすぐさまそう問いかけると、ウィップスは馬鹿にしたように笑う。

「はあ？　見て分からないわけぇ？　アンタを捕まえるために来たに決まってるじゃな

い」

「なっ⁉」

「理解した？　私もシュウの仲間よ。むしろ『爪聖』、『蹴聖』、『魔聖』以外は、ぜ〜いん私たちの仲間……」

「そんな……！」

……どうやら、状況は俺が思っていた以上に深刻なようだ。

『聖』が何人いるのかは知らないが、イリスさんの様子を見る限り、かなり危険な状況だと思われる。

しかも、ウサギ師匠とオーディスさんがどうなっているのかも分からない。

俺たちが険しい表情を浮かべていると、今まで一切動かなかった白騎士たちが、突如として動き出した。

白騎士たちはそれぞれ手にしたランスを、勢いよく庭に向けて叩きつけてくるが、賢者さんの張った結界を破ることはできない。

その様子に、ウィップスは不愉快そうに顔を歪める。

「……何？　この結界。死ぬほどウザいんだけど」

白騎士たちは激しい攻撃を繰り出すが、賢者さんの結界はびくともしなかった。

こ、こんな状況でなんだけど、賢者さん凄すぎません……？

「あの白騎士は一体……」

「いいでしょ？　これは私たちが神になったことで生み出せるようになった『神兵』よ」

「神？　そんなものになれるわけがないでしょ！」

イリスさんがそう返すと、ウィップスは心底馬鹿にしたようにこちらを見下した。

「はぁ……まだ分からないわけ？　私たち『聖』がどれだけ『邪』を倒しても、根本を正さないと何も変わらないのよ。だからこそ、シュウが……そして私たちが、人類を導いてあげるの」

「ふざけないで。そんなことをする資格は、私たちにはないわ」

「あるに決まってるじゃない。だって私たちは強いのよ？　弱者は私たちがいなけりゃ何もできない……それなら、世界のルールは私たちが決めるべきでしょ？　むしろ、今まで放置し過ぎたのよ。少し考えればこんな簡単な方法があったのにねぇ」

「……」

この人は……いや、シュウという存在に付き従う『聖』たちは、皆そんな考えなんだろうか。

俺がウィップスの言葉に絶句していると、ウィップスは顔を歪める。

「……ったく、邪魔なんだよ、このクソ結界が！」

ウィップスが手にした鞭を振ると、結界と衝突し、凄まじい轟音が響き渡る。

「あああああ！　ウザいウザいウザいウザいいいいぃいいぃ！」

何度も何度も鞭を振るうが、結界が破られる気配がない。

とはいえ、このまま放置していてはどうなるか分からない。

「ハアアアアアッ！」

俺は【絶槍】を取り出すと、勢いよくウィップス目掛けて投げつけた。

だが……。

「フッ！」

なんと、ウィップスはすぐに反応し、鞭で【絶槍】を弾き返したのだ。

「はあああああ？　そっちの攻撃は通るのに、こっちは通らないってふざけてんの？」

いや、その……相手の立場なら俺もそう思うだろうが、今回ばかりはとても救われていた。

卑怯かもしれないが、この結界内から攻撃し続ければ、こちらがダメージを負う心配はないわけだ。

そんなことを考えていると、ウィップスは俺を睨みつける。

「てか、アンタは誰よ？　いきなり槍（やり）を投げてくるなんて……これだから野蛮な凡人は嫌いなのよ」

「ウィップスなんかにユウヤ君の素敵さが分かるわけないでしょ？」

「はあああ？」

「あの、イリスさん？」

別に俺のことはどうでもいいんですが……。

二人が何とも言えないやり取りを続けている間にも、ウィップスだけでなく、白騎士たちによる攻撃は止まらない。

だが、いつまで経（た）っても結界が破れないと悟ったウィップスは、何かを思いついたのか、突然攻撃の手を止めた。

「マジ、何なの？　この結界」

「いい加減、諦めて帰ったらどうかしら？」

挑発的な笑みを浮かべるイリスさんに対し、ウィップスは嘲笑を浮かべた。

「別にいいわよ？　その代わり――腹いせに近くの街を消しちゃうけどね」

「なっ⁉」

「貴女（あなた）、何を言って……！」

「何を驚いてるのよ？　そこら辺の凡人が消えたところで問題ないでしょ？」

「ふざけないで！　本気で言ってるの⁉」

「本気も本気よ？　嫌なら止めればぁ？　まあでも、怖くてその結界の中に引きこもってるようじゃ、到底無理でしょうけどねぇ！　あはははは！」

馬鹿にしたようにウィップスが笑うと、庭を取り囲むようにしていた白騎士たちが、一斉に浮遊し、ウィップスの元に集まる。

「じゃ、ばいば～い」

ウィップスは馬鹿にしたような笑みを浮かべながら、本気でこの場から飛び立とうとした。

「させるかッ！」

「行かせません！　『妖鎖（ようさ）』！」

俺はすぐさま結界から飛び出しながら、【絶槍】を投げつける。

それに続く形で冥子（メイコ）も結界から飛び出すと、ウィップスを捕らえるべく、妖力の鎖を解き放った。

すると……。

「あはははは！　アンタたち馬鹿なんじゃない⁉」

ウィップスは飛んでくる【絶槍】と『妖鎖』を弾き返し、そのままこちらに向き直ると、白騎士たちを差し向けてきたのだ。

「これだから弱点のある雑魚(ざこ)は助かるわ～！　おら、とっとと死ねよ！」

雪崩れ込むように突撃してくる白騎士たち。

【絶槍】が弾かれた直後で手元にないため、俺はすぐさま【全剣(ぜんけん)】を取り出そうとする。

「させないわッ！」

だが、俺が武器を抜くより先に、イリスさんが白騎士と俺たちの間に入り込むと、襲い来る白騎士たちを斬り伏せた。

「なっ⁉」

ウィップスは、まさか神兵がやられると思っていなかったようで、イリスさんによって斬り伏せられたことに目を見開く。

「神でもないアンタが、どうして私の騎士を殺せるのよ⁉」

「さあ？　貴女が弱いからじゃない？」

驚くウィップスに対してイリスさんが不敵にそう告げると、ウィップスの額に青筋が浮かぶ。

「……雑魚のくせに、舐(な)めてんじゃねえええええええええ！」

「！」

その瞬間、ウィップスの体から魔力が溢れ出すと、大量の神兵が出現する。

「おら、神の力に飲み込まれろよ！」

「！」

大量の神兵が、波のように押し寄せてくる。

すぐさま迎え撃とうとすると、俺たちの前に白い影が飛び出した。

「にゃ！」

「ステラ⁉」

ステラは飛び出すや否や、そのまま神兵の群れに突撃すると、スルリスルリと神兵たちの間を縫うように進みながら、すべてを破壊していった。

「なっ⁉」

その様子に驚くウィップスに対し、ステラは彼女の下に辿り着くと、そのままウィップスへと飛びかかった。

「フシャアアア！」

「ちょっ！　何よ、コイツ……！」

ウィップスはステラを追い払うように鞭を振るうが、ステラはまるで液体のようにヌルりとすべてを避け、ウィップス目掛けて爪を振るう。

「きゃあっ！」

その攻撃はウィップスの体を掠めるも、彼女は咄嗟に体を捻り、距離を取った。

しかしその攻撃はウィップスの顔に一筋の傷跡を残し、血が流れ落ちる。

すると、ウィップスはわなわなと震えながら、その血に触れた。

「……血？　この私の顔に、傷……!?　……ふざけんなよ、この畜生がああああああああ！」

怒り狂ったように鞭を振り回すウィップス。

だが、そんなウィップスの隙を突くように、冥子の『妖鎖』がウィップスの体を縛り上げた。

「捕まえましたッ！」

「なっ、何よコレ！」

ウィップスは必死に逃れようとするが、冥子の鎖は強力で、抜け出せそうにない。

「おい、何してんだ！　早くあのクソアマを止めろよッ！」

ウィップスは周囲の神兵にそう怒鳴り散らすと、神兵は冥子目掛けて襲いかかって来る。

「ハアッ！」

「にゃ」

しかし、それらすべてをステラとイリスさんが防いだ。

「ハアアアアッ！」

今がチャンスだと感じた俺はその隙を逃さず、ウィップスへと迫る。

だが、そんな俺の動きを見越していたかのように、神兵が俺を取り囲んでしまった。

「なっ⁉」

「アハハハハ！　この状況で孤立するなんて馬鹿なんじゃないの⁉」

焦る俺に対し、ウィップスは嘲笑を浮かべる。

「にゃ！」

ステラはすかさず俺を助けようと動くが、ステラが倒す傍から新たに神兵が生み出され、近づくことができない。

「くっ！」

できれば【天鞭】を使いたかったが、武器を持ち替える暇もなく、俺は【全剣】で応戦する。

【絶槍】も手元に帰って来たが、こちらも使う余裕がなかった。

「ご主人様！」

「ユウヤ君！」

そんな俺たちの様子を見て、すぐさまイリスさんたちが動き出した。

すると、ウィップスは待ってましたと言わんばかりに、笑みを深める。

「バアアアアアカ！　私の狙いは、アンタよ！」

「なっ⁉」

なんと、イリスさんの意識が俺に群がる神兵に向いた瞬間、ウィップスが冥子の鎖を引きちぎったのだ。

そして、すぐさま鞭を振るうと、その鞭はイリスさんの体に巻きつこうとする。

「くっ⁉」

咄嗟に身を躱すが、鞭は意思を持ったように動き、執拗にイリスさんを追いかけ回した。

「あはははは！　油断したわねぇ⁉　アンタの『神威』とかっていう力は不愉快だから、ここで消えてもらうわ！」

「イリス様⁉」

「にゃにゃ！」

「アンタらはそこで見てな！」

その様子を見て、すぐに冥子たちが動こうとするが、神兵が立ちふさがり、助けに向かえない。

するると、神兵を相手にしながら逃げていたイリスさんに、ついに鞭が届いた。

「しまっ――――」

「アハハハハハハ！　捕まえたわよ！」

このままでは、イリスさんの身が危ない。

そう思った俺は、無意識に体を動かしていた。

「うぉおおおお！」

俺は全力で剣を振るい、群がる神兵を一掃する。

とはいえ、倒した瞬間にすぐ新たな神兵が生み出されるため、これも一時的な対処に過ぎない。

だが、俺はその一瞬の隙を逃さず、すぐに【絶槍(ぜっそう)】に持ち替え、ウィップスに狙いを定めた。

そして……。

「ハアアアアアッ！」

俺は改めてウィップスに対して、全力で【絶槍】を投げつけた。

「なっ⁉」

その俺の姿を見て、ウィップスが目を丸くする。

「厄介な――――」

「今度こそ、逃がしませんよ！」

彼女は俺の攻撃から身を守ろうと動くが、ウィップスの意識が俺へと逸(そ)れた瞬間に、冥子が改めてウィップスの体を鎖で締め上げた。

その鎖は、最初の時以上に強力で、ウィップスは抜け出すことができない。

「は、はあ⁉　おい、マジふざけんなよッ！　早く、早く止めろッ！」

ウィップスが縛られた状態で暴れながら叫ぶと、まるでウィップスを護(まも)る盾のように、神兵たちが立ちはだかった。

さらに神兵たちは盾を構えると、そこにシールドのような半透明の膜を出現させ、迎撃態勢を取る。

だが……賢者さんの武器の前に、そんなものはまったく意味がなかった。

【絶槍】は神兵たちのシールドを容易(たやす)く破壊するだけでなく、そのまま盾や神兵ごと貫いたのだ。

「な……お、おい、や、やめろ……来るな、来るなあああああああ！」

必死に身をよじるウィップス。

だが、ウィップスは結局避けることができず……彼女の胸を【絶槍】が貫いた。

その瞬間、彼女に捕まっていたイリスさんも解放され、【絶槍】が俺の手元に戻ってくる。

【絶槍】を回収した俺は、顔を顰めた。

……初めて、人を殺した。

この異世界で散々魔物を倒したり、宇宙ではドラゴニア星人を倒しておいて今さら何を言っているのかと思うかもしれないが、同種の……人間を殺したのは初めてだった。

だが、それ以上にショックを受けたのが……人を殺したというのに、それほど心に動揺がないことだった。

初めてレクシアさんと出会った時も、周囲には人の死体が転がっていた。

それを見た時も、俺は冷静だったのだ。

やはり、俺はこの世界でレベルアップしたことで、精神的な部分が変わってしまったのだろうか。

顔を顰める俺を見て、イリスさんは何かに気づくと、近づいてくる。

「もしかして、ユウヤ君。今のが……」

「……」

「……そう。でも、あまり気にしちゃダメよ。彼女は本気で普通に生活を送る人たちを殺そうとしていたわ。そして、どんなに私たちが頑張っても彼女の心が変わることはない。だから、倒すしか方法はなかったのよ」

「……はい」

頭では理解している。

ここで彼女を倒さなければ、色々な人が不幸になっていたのだ。

俺は意識を切り替えるように深呼吸をする。

「……もう大丈夫です」

俺の心が落ち着いたことを察したイリスさんは、優しく微笑(ほほえ)んだ。

「ならよかったわ。それよりも、ここにまで追手が来たってことは、早く動かないと――――」

「――――ふふふ……ははは……あはははははははははは！」

『!?』

俺たちは、突然響き渡った笑い声に絶句した。

何故なら――――。

「ほんっと、おめでたいわねぇ？」

「どうして……どうして生きてるのよ……!?」

倒したはずのウィップスが、何事もなかったかのように動き始めたのだ。

ウィップスは未だ『妖鎖』に縛られた状態で、その胸元には【絶槍】で貫かれた穴が大きく開いている。

どう考えても致命傷だというのに、ウィップスの口やその傷口からは血が流れ落ちるどころか、何も変わった様子がなく、笑っていたのだ。

そして……。

「この鎖、邪魔ねぇ」

「そ、そんな……!?」

最初よりさらに強力になった冥子の『妖鎖』を軽く引きちぎったのだ。

驚く俺たちを前に、ウィップスは心底見下したように笑う。

「あー面白かった。雑魚のくせに、本気で神に勝てると思ってるの？」

そう口にしながら、まるで体の調子を整えるようにウィップスが肩を回すと、なんと……開いていた胸元の穴が、自然と塞がっていったのだ。

「な、何が……」

「ああ、イリスのその顔、ほんっとうに最高ッ！　その顔が見たかったのよッ！」

呆然とするイリスさんに対し、ウィップスは嗜虐的な笑みを浮かべたが、すぐに忌々し気に顔を歪める。

「……私はアンタが昔から気に食わなかった。私より綺麗でもないくせに、私より目立って、私よりちやほやされるアンタがねぇ！」

ウィップスがそう叫びながら手を広げると、突如、虚空から無数の神兵が出現した。

「見なさい！　これが私とアンタの……神と凡人の差なのよ！」

「くっ……！」

次の瞬間、ウィップスの体から『神威』に似た、虹色のオーラが噴き出る。

だが、俺たちと違うのは、その虹色のオーラに、金や銀の燐光が煌めいているのだ。

あれが……『神力』……！

「それなら、もう一度……！」

冥子が再び『妖鎖』を使い、ウィップスの体を縛り上げようとする。

さらに、そこに合わせて『妖玉』の攻撃も放った。

一斉にウィップスに向かう妖力の鎖と塊。

だが、ウィップスはそれらの攻撃を避けようとすらしなかった。

「無駄、無駄、無駄よぉ！」

「そ、そんな……」

なんと、『妖鎖』も『妖玉』も、ウィップスに触れるや否や、消し飛んだのだ。

「神の玉体に、人間如きが傷をつけられるわけないでしょぉ!?　ぜぇんぶ無駄なのよぉ！

私は神になった！　もうアンタら如きじゃ止められないわッ！」

「そんなこと……やってみないと分からないでしょッ！」

そう叫びながら飛びかかるイリスさん。

すると、神兵たちが一斉に襲いかかって来た。

「あははは！　私が手を下すまでもないわ！　このまま神兵に殺されなさい！」

「ハアアアッ！」

俺もすぐさま【全剣】を取り出し、イリスさんの援護をするように神兵たちに斬りかかる。

「フッ！」

神兵たちは、すぐさま盾を構え、俺の攻撃を防ごうとするが、【全剣】の前には普通の防御は意味をなさない。

俺はその盾ごと、神兵を斬り伏せた。

「はあ？　結界といい、あの剣といい……アイツ、一体何なのよ……！」

すると、俺の戦いを見ていたウィップスが、不愉快そうに顔を歪めた。

「神の兵を倒すなんて、不敬にもほどがあるわッ！」

「貴女（あなた）は神なんかじゃない、ただの人間よ……！」

神兵たちの攻撃を掻（か）い潜（くぐ）り、ウィップスの元に辿り着いたイリスさんは、そのまま斬りかかった。

ただ、冥子の攻撃を避けなかったように、ウィップスは再び不敵な笑みを浮かべたまま、その場を動こうとしない。

「馬鹿ねぇ！　アンタたちの攻撃なんて――」

「ハアアアッ！」

「なっ……ぎゃあああああっ！」

勝ち誇った笑みを浮かべていたウィップスだったが、イリスさんの剣はそのままウィップスの体を斬り裂いた。

ウィップスは自分がダメージを負うとは思っていなかったのか、悲鳴を上げながら新たな神兵をイリスさんへ差し向け、その場から離脱する。

「な、な、何でよ！　何でイリス如きの攻撃が……！」

「あら、どうやら『神威』を使えばダメージが与えられるようね？」

「ああ⁉　『神威』だぁ⁉」

よく見ると、イリスさんの手にした剣から、『神力』と似た、虹色のオーラが噴出していた。

なるほど、『神威』の籠った攻撃なら、ウィップスにダメージが与えられるのか……！

とすれば、今この場で『神威』が使えるのは俺とイリスさんのみ。

「冥子、ステラ！　俺とイリスさんを援護してくれ！」

「かしこまりました！」

「にゃ」

俺の考えを二人とも瞬時に汲み取ってくれたようで、ウィップスの下に向かう俺と再び攻撃を仕掛けるイリスさんの補助に行動を変えてくれる。

イリスさんへと迫る神兵を、冥子とステラが撃破していくのだ。

どうやら神兵の方は、『神威』がなくとも問題なく倒せるみたいだしな。

しかし……傷を負ったウィップスだったが、徐々にその傷が消えていく。

……普通の攻撃は効かないか、一瞬にして治るが、『神威』が籠っていれば、傷の治りが遅くなるのか。

「クソ……クソクソクソクソッ！　紛い物の分際で図に乗ってんじゃねぇよおおお！」

「くッ！」

ウィップスはそう叫びながら、鞭を振り回す。

「いい加減死ねや、『鞭乱』！」

音速を超える鞭が、あらゆる方向から俺たちに襲いかかる。

「させません！」

「フシャアアア！」

だが、それらの攻撃を、冥子とステラが防いでくれた。

俺もそれに続き、神兵を斬り伏せながら、ウィップスへと迫った。

「はあっ！」

だが、ウィップスは近づかれる前に、『神威』による瞬間移動と同じように、『神力』で一瞬にして俺たちから距離を取った。

「近づくんじゃねぇよ、この雑魚どもがあああああ！」

そして、距離を取るや否や、新たな神兵を次々と量産していく。

「一体、どれだけ召喚するのよ……！」

その数はすでに百体を超えているだろう。

倒しても倒しても、神兵が生み出され続けるのだ。

まさか、この神兵を無限に呼び出せるとでも言うんだろうか？

その上、イリスさんが『神威』を使った攻撃でダメージを与えても、時間が経てば回復してしまうのだ。

時間が経てば経つほどこっちが不利になる……！

そんな俺たちの考えが伝わったのか、ウィップスは嗜虐的な笑みを浮かべた。

「あはははは！　どぉ!?　アンタたちがどれだけ足掻こうと、神の力の前では無意味なのよ！　大人しく死になさいッ！」

「にゃあ！」

「なっ……!?」

すると、高笑いするウィップスの隙を突いて、再びステラがウィップスに接近すると、そのまま襲いかかった。

だが、ウィップスはその攻撃を間一髪のところで避ける。

「チッ……畜生の分際で、いい加減鬱陶しいのよ！」

「ステラ！」

「にゃっ！」

神兵たちからの攻撃が、ステラに集中する。

だが、ステラは安心させるように一声鳴くと、神兵たちの攻撃をスルリと避け続けた。

そんなステラの様子を見て、俺はふとあることに気づく。

……どうしてステラの攻撃は避けたんだ？

ウィップスの中で、『神威』を使えることが分かっているのはイリスさんだけだろう。

だからこそ、他の人間による攻撃も警戒しそうなものだが、冥子の攻撃は時々ウィップスに届いていたのだ。

しかし、その攻撃をウィップスが避ける素振りは一切なかった。

まあ『神威』は虹色のオーラを放つため、それさえ気を付ければいいので、誰が使えるのか把握しておくことはあまり重要ではないのかもしれないが……。

それに、避けたのは反射的と言ってしまえばそれまでだが……俺は妙な違和感を覚えていた。

その違和感の正体を探していると、ウィップスのある個所(かしょ)に目が行く。

それは、ウィップスの顔にある、ステラがつけた傷だった。

俺が貫いた胸元の穴は塞がったのに、どうして顔の傷は治っていないんだ……？

そこまで考えたところで、俺はある考えに至る。

――まさか、『存在力』を使えば倒せるのか？

『神威』による攻撃も有効的なのは分かったが、あくまで傷の治りを遅くするだけで、あの顔の傷のように残り続けてはいない。

となると、やはりあの傷が残ってる理由は『存在力』以外、考えられないだろう。

オーマさんや空夜さんも、『存在力』が使えれば大丈夫だと言っていたが、このことを知っていたんだろうか？

……いや、今はそれどころじゃない。

そうと分かれば……！

「ハアアアアアアアアアアアアッ！」

俺は再び【絶槍】を取り出すと、『存在力』を込めてウィップスへと投擲する。

凄まじい速度で飛翔する【絶槍】に対し、ウィップスは顔を歪めた。

「またあの槍？　何度も同じ手にかかるわけねぇだろ！」

「なっ……」

ウィップスが鞭を振るうと、そのまま【絶槍】に巻き付き、速度を殺されてしまう。

「おら、お返しだッ！」

さらにそのまま、こちらに向けて投げ返してきた。

「クッ！」

俺はそれを受け止めつつ『アイテムボックス』に戻す。

ダメだ、【絶槍】と【全剣】はすでに警戒されている……。

それなら……！

「【無弓】！」

俺は見えない弓を取り出すと、静かにウィップスに照準を定めた。

「何？　もう何をしようと、アンタの攻撃は効かないわよ！」

勝ち誇った笑みを浮かべるウィップス。

その様子を無視しながら、俺は不可視の一撃を放った。

俺の放った一矢は、そのまま神兵たちの間を通り抜け、ウィップスの体を貫く。

「ぎゃあああっ！　な、何よ、コレ……！」

目に見えない矢が刺さったことで、ウィップスは絶叫した。

さらに……。

「な……何で、何で傷が治らないのよ⁉　テメェ、何をしやがったあああああ！」

『存在力』を込めたその一撃による傷は、やはり治ることはなかった。

しかし、そのことで完全に俺を警戒したウィップスは、すべての神兵を俺に差し向ける。

「絶対に許さねぇぇ！　テメェら、ソイツを早く殺せえええええええ！」

まるで津波のように押し寄せる神兵。

これを普通に相手にしていては、とても脱出できないだろう。

なら……！

「【天鞭】！」

俺も鞭を取り出すと、それを思いっきり振り回す。

その瞬間、鞭のテールが無数に増え、襲いかかるすべての神兵の体に巻き付くと、そのまま圧し折ってしまった。

一瞬にしてすべての神兵が倒されたことで、ウィップスは信じられないと言った様子で呆然とする。

「な、何よ、これ……何なのよ……あ、だ、ダメ、に、逃げなきゃ……」

そしてウィップスは、勝ち目がないと悟ったのか、その場から逃げようとした。

しかし――――。

「……逃がさないわよ」

「なっ……い、イリスウウウウウウウウウウウウウ！」

「────！」

彼女が『神力』を使うより先に回り込んでいたイリスさんは、そのままウィップスを一刀両断する。

それは、恐ろしく鋭い一太刀で……賢者さんの一撃を彷彿とさせた。

あれは……『無為の一撃』……⁉

驚く俺をよそに、斬り裂かれたウィップスは、そのまま砂のように消えていくのだった。

＊＊＊

優夜がウィップスと戦っている頃。

王星学園では────。

「カオリ！　俺と────結婚してくれ！」

なんと、佳織が求婚されていた。

突然の事態に目を白黒させる佳織は、取られた手を咄嗟に離した。

「じょ、ジョシュア様?」

突如、佳織に求婚した男性……ジョシュアは、佳織の妹、佳澄が通っている学園の関係者である、とある国の王太子だった。

そんな人物が突如現れたことにも驚きだが、その上、求婚されたという事実に佳織は困惑する。

すると、ジョシュアの背後に、いつの間にか執事のジェームズが控えており、静かに口を開いた。

「殿下。いくら何でも性急すぎるかと。カオリ様も驚いていらっしゃいますよ」

「む、そうか?　俺との結婚は決まっているんだ、何を驚く必要がある?」

「ええ⁉」

け、結婚が決まってる⁉

まったく身に覚えのない事態にさらに混乱する佳織。

すると、ジェームズが呆れた様子で助け船を出した。

「はぁ……殿下。まだ結婚は決まっておりません。カオリ様の想いもあるでしょう」

「何を言っている。カオリは俺との結婚を当然受け入れてくれるよな?」

「い、いえ、結婚するつもりはありませんが……」

「何故(なぜ)だ⁉」

まさか断られるとは思っていなかったジョシュアは、目を見開いた。

そしてすぐに、ジェームズへと摑(つか)みかかる。

「ど、どういうことだ！　カオリが了承してくれないぞ⁉」

「いきなりですし、カオリ様も殿下のことをよくご存じないですからね。当然でしょう」

「そんな⁉」

「それに、すでに想い人がいらっしゃるかもしれませんよ？」

「……何？」

ジェームズの想い人という言葉に反応したジョシュアは、眉を吊(つ)り上げた。

「誰だ、ソイツは！」

「ですから、仮定の話です。もしいらっしゃるのであれば、無理やりというわけには

……」

「認めん、認めんぞ！」

ジェームズの言葉を遮り、首を振ると、ジョシュアは再び佳織に向き直った。

「カオリ！　君には想い人がいるのか⁉」

「へ⁉」

完全に置いてきぼり状態の佳織だったが、突然の想い人という言葉を受け、目を見開いた。

「そ、それは……」

それと同時に、佳織の脳裏に、優夜の姿が思い浮かぶ。

頬を赤く染め、口ごもる佳織の姿を見て、ジョシュアは察した。

「ば、バカな……この俺を差し置いて、別の男がいるだと⁉」

「殿下、お諦めください。ここは大人しく祖国で――」

「――誰だ」

「え？」

「一体、誰なのだ、その男は！」

ジョシュアはそう叫ぶと、再び佳織に向き直る。

「カオリ。俺は本気だ。本気で君と結婚するためにここに来た」

「そ、そんなこと言われましても……」

「いいか？　俺は王子だ。いずれ跡を継ぎ、国王となる。俺はその妃として、君を迎え入れたいと言っているんだ。王の妻という身分よりも、どこの誰とも知らぬ、くだらん男がいいと言うのか？」

「ゆ、優夜さんはくだらなくなんかありません！」

思わずと言った様子でそう叫んだ佳織に対し、ジョシュアは目を細める。

「なるほど、カオリの想い人はユウヤというのか」

「あ……」

「ジェームズ、今すぐユウヤという人物について調べろ」

「……かしこまりました」

ジェームズはどこか呆れた様子を見せるが、ジョシュアの命令は絶対であり、恭しく頭を下げる。

そして、ジョシュアは佳織に背を向けた。

「カオリ。今日はひとまず引き下がろう。だが、その男よりも俺の方が優れていることを証明して見せる。その暁には……君は俺の物だ」

それだけ告げると、再び高級な車に乗り込み、去っていく。

その様子を呆然と見送る佳織。

「ど、どうしましょう……」

自分の手に余ると判断した佳織は、すぐに父親の司に連絡するのだった。

＊＊＊

また、地球では別の動きが――――。

「――やはり、あの女は目醒めたか」

日本の上空で、白いローブ姿の人間が静かに口を開いた。

このローブ姿の人間は、かつて地球を支配していた神々であり、棺に封印されていたサーラの行方を捜していたのだ。

すると、また別の同じ格好をした人間が続く。

「一体、どうするつもりだ？　結局、封印が解けたというのであれば、またあの二の舞になってしまうぞ」

「いや、大丈夫だろう」

「何？」

予想外の言葉に仲間の一人が驚くと、そのまま続ける。

「皆も感じていると思うが、復活した女の気配は非常に弱い。やはり、封印による影響は避けられなかったと考えるべきだな。それに対して、我々は長い間準備を進めてきた。今さら弱ったヤツの相手など、造作もなかろう」

「ふむ……それもそうだな」

「とはいえ、放置するわけにもいかん。ここは『神兵』を送り込み、ヤツを始末するとしよう」

「では、我々は？」

「もう一度、神獣の元に戻るぞ。そちらの計画を進めれば、この星は我らの物だ――」

白いローブ姿の人間たちはそう語り合うと、静かに日本の上空から姿を消すのだった。

第二章　シュウ・ザクレン

紫の空に、赤い双月。
荒廃した大地には、何かしらの文明が滅んだ名残なのか、奇妙な建築物が崩れた状態で残っていた。
そして――――。

「ガアアアアアアアア！」

体の一部が機械的でありながら、その全容は四足歩行の動物、といった不思議な生物が雄叫(おたけ)びを上げながら戦っていた。

「ウォオオオオオン！」

しかもその相手は、この不思議な世界に飛ばされたナイトである。

相手はナイトの何十倍もある巨体で、前足を使って何度もナイトを踏み潰そうと試みるが、ナイトはそれらを華麗に避け、隙を見ては鋭い爪や牙で、怪物の灰色の皮膚を斬り裂いた。

「ガアアアアア！」

その巨体から考えれば、ナイトの攻撃によるダメージは微々たるものだったが、それでも体のあちこちを斬り裂かれ、そこからは青色の体液が噴き出し、徐々にその身体に限界が見えてくる。

さらに……。

「ぴぃいいいい！」

青く燃え上がるシエルが、身体を高速回転させながら怪物に突っ込むと、その身を貫いた。

「グォオオオオオ！」

さすがに身体を貫かれることは応えたらしく、怪物は膝をつく。

ナイト、シエルときて、残るアカツキは……。

「ぶひぃ、ふご～」

「わふぅ……」

少し離れた位置から、まるで応援するかのように、呑気に声を上げていた。言ってしまえば、何もしていない。

そんなアカツキの様子に呆れつつも、ナイトは気を引き締め、怪物の首に咬みつくと、その喉笛を噛み切った。

「グアアアアアアアアア！」

ひと際大きな絶叫を上げた怪物は、しばらく暴れた様子を見せるも、どんどん弱っていき、最後は息絶えた。

すると、倒れた怪物の体はまるで砂のように崩れ落ち、風に乗って消えていく。

そして、肉体がすべて消え去ると、その中から緑色に輝く不思議な欠片が現れた。

その欠片は一瞬だけ眩い光を放つと、三つに分裂し、ナイト、シエル、アカツキの元に飛んでいく。

「わん⁉」

「ぴ！」

「ふご？　ぶひ！」

まさかの事態に慌てるが、それを避けることはできず、その欠片はナイトたちの体内に溶けるように消えていった。

ナイトたちは慌てて自身の状態を確かめ、アカツキも【聖域】スキルを発動させるが、特に体の異変は現れなかった。

「わふぅ？」

そのことに首を傾げつつ、三匹は顔を見合わせる。

――――この謎の世界にやって来てから、すでに何時間も経過していた。

三匹は何とかして元の世界に帰ろうと彷徨っていたが、中々手掛かりがなく、先ほどの怪物との戦闘や緑色の欠片の出現も初めてのことだった。

「わん」

「ぴぴ？」

「ふご～」

ひとまず、体に異変はないということで、ナイトたちは再び何かの手掛かりを探し求め、動き始める。

幸い、この世界に来てからナイトたちは空腹に見舞われることなく活動することができていた。

しかし、動き出してすぐ――――。


「グルル……」

「ぴ」

「ぶひ？」


ナイトは生物の気配を察知した。

ただ、その気配から感じ取れるものは敵意しかなく、とても友好的とは思えない。

すぐさま警戒態勢を取ると、ナイトたちの近くの空間が歪み、そこから何かが現れた。

それは巨大な単眼で、幾本もの触手をその眼に纏わせたような姿をしている。

これまた初めて見る怪物に、ナイトだけでなくシエルも警戒し始めた。

いきなり登場した怪物に驚くナイトたち。

今まで気配がなかったところに、いきなり現れたということで、ナイトは何が原因なのか考えていた。

例えば、先ほどの怪物との戦闘音を聞きつけたのか、それとも何かに惹かれてやって来たのか。

すると、怪物は容赦なくナイトたちに襲いかかって来た。

「シュルルルル！」

「ウォンッ！」

再び戦闘を始めるナイトたち。

――このような戦いが何度も続くことになるとは、この時は夢にも思っていないのだった。

＊＊＊

ウィップスを倒した俺たち。

すると、イリスさんは力が抜けたように膝をついた。

「くっ……」

「イリスさん！」

すぐにイリスさんに駆け寄ると、肩を貸す。

「ごめんなさいね。少し、力が抜けちゃって……」

「そんな！　イリスさんのおかげで、ウィップスを倒せたんですから。それに、さっきの一撃は……」

「えっと……無我夢中というか、凄く集中していたことは覚えてるんだけど、それ以上のことはよく分かっていなくて……」

イリスさんの話を聞いて確信した。

やはり、先ほどウィップスを倒した一撃は、『無為の一撃』に他ならないだろう。

俺は賢者さんから直接指導されたことで、その境地に辿り着いたが、イリスさんは自力でそこに至ったのだ。

そのことに驚いていると、冥子とステラがやって来る。

「ご主人様！」

「にゃ～」

「冥子、ステラ！　二人ともお疲れ様。おかげで助かったよ」

「とんでもありません！　もっとお役に立てればよかったんですけど……」

「にゃにゃ」

「いやいや、冥子は十分役立ってるよ。もちろん、ステラもね」

特にステラのおかげで、『存在力』があれば『神力』を操るウィップスにもダメージを与えることができると分かったのだ。

二人がいなければ、もっと苦戦していただろう。

そんなことを考えていると、不意に可愛らしい音が鳴った。

その音の方に視線を向けると、顔を真っ赤にしたイリスさんが。

「今のは……」

「ご、ごめんなさい……気が抜けたら、つい……」

どうやら極限まで集中して戦ったことで、お腹が空いてしまったようだ。

それに、まだイリスさんの体調は万全とは言えない。

「そうですね……もう一度、家に帰りましょうか」

「で、でも……」

「イリスさんもまだ完全な状態じゃないでしょうし、しっかり休憩して、改めて出発しましょう。俺もお腹が空きましたしね」

「……そうね」

何とかイリスさんを説得することに成功すると、俺たちは再び賢者さんの家に戻った。

するると、レクシアさんたちがやって来る。

「あら？　ユウヤ様、どうしたの？」

「実は、すぐそこで『鞭聖』と戦うことになりましてね……」

「ええ⁉」

「……この場所をすでに見つけられていたというわけか」

深刻そうな表情を浮かべるルナ。

「うん。でも、向こうの家に張られてる結界は破られなかったから、大丈夫だよ」

「ますますお前の家の結界がとんでもない物だと実感させられるな」

本当に……知れば知るほど賢者さんの凄さが分かるというものだ。

「それよりも、その戦いで少し力を使い過ぎたから、一度休憩しようと思ってね。お腹も空いたしさ」

俺がそう言うと、レクシアさんの目が光る。

「あら！　それなら私が料理を――――」

「え⁉　い、いや、その、レクシアさんに料理してもらうほどでは……！」

「そ、そうだぞ！　お前は王女だろう⁉　大人しくしていろ！」

「何でよ？　せっかくユウヤ様がお腹を空かせてるのよ？　ここは私の手料理で――」

「いいから！」

レクシアさんの料理の腕を知る俺とルナは、アイコンタクトを取りながら、とにかく必死に宥めた。

すると、冥子が口を開く。

「すみません、レクシア様。今回は私が料理をしようと思ってまして……」

「あら、メイコが？　確かにメイコは料理が上手よね！　メイコが作るなら、譲ってあげるわ！」

「どうしてそんなに上から目線なんだ……」

何とかレクシアさんが料理をするという状況を回避することができた。

俺がそのことにほっとしていると、冥子が声をかけてくる。

「それで、ご主人様。料理を作る際、台所の食材を使わせてもらいたいのですが……」

「もちろん！　あ、ついでに、俺の『アイテムボックス』にある、食材になりそうなのも出しておくね」

「よろしいのですか？」

「うん。使わないと勿体(もったい)ないし……」

何だかんだ色々な食材が『アイテムボックス』の中に眠っている。

『アイテムボックス』の中は時間が停止しているため、ついつい食材を放り込んだまま放置してしまうのだ。

それに、普段の食事でも、賢者さんの庭にある野菜以外は、普通に地球の物ばかり使っているし……。

この際、冥子に美味(おい)しく料理してもらえればいいなと思ったのだ。

台所に『アイテムボックス』内の食材を出した後、早速冥子の料理が始まった。

こうして冥子が料理を作ってくれている間、俺たちはウィップスや神兵について情報共有をすることに。

すると、ユティと空夜(くうや)さん、それにオーマさんもやって来る。

『どうやら派手にやり合ったようだな』

「オーマさん！　気づいてたんですか？」

『あれ程の気配を放っておれば、気づかぬ方が難しかろう』

「……ねぇ、ルナ。貴女(あなた)気づいてた？」

「気づけるわけないだろ？　私たちはこのチキュウの家にいたんだぞ？　オーマ様と一緒

にするな」

「同意。世界を超えて気配を察知するのは無理」

「まあ世界間の気配読みはちと難しいからのぅ」

どうやらウィップスたちの襲撃に気づいていたのは、オーマさんと空夜さんだけだったようだ。

『それで、何があった？』

「実は、賢者さんの家の方に、『鞭聖』がやって来たんです。それで戦ったんですけど、思っていた以上に『神力』が厄介で……それに、神兵っていう騎士みたいな存在が無数に召喚されて、攻撃してきたんです」

「神兵とはまた仰々しい名じゃのぅ」

「……そうね。でも、実際その名の通り、神の使いみたいな存在だったわ」

イリスさんの言う通り、見た目だけでなく、その力も神の兵といった印象を受けた。

何より、ごく僅かだが、神兵からも『神力』を感じ取ることができたのだ。

幸い、『鞭聖』に比べて、神兵の『神力』はごく僅かだったからこそ、『存在力』などがなくてもダメージを与えることができた。

だが、『鞭聖』クラスになると、やはり『存在力』か『神威（かむい）』がなければダメージを与えることができなかった。

「食事をした後、また出発するつもりですが、もしかすると別の『聖(せい)』がやって来るかもしれません」

『まあそこは心配せんでもいいだろう。我もいる上に、ヤツら程度ではゼノヴィスの結界は超えられん』

「……それはそうですね」

『それよりも、お前たちの心配をしろ。【聖】どもと戦うたびに疲れていては、どうしようもないぞ』

「……面目ないわね」

イリスさんは悔しそうな表情を浮かべた。

『フン。まあでも、ちょうどよかったではないか。大本と戦う前に、【神威】と【存在力】が通じると分かったのだろう？』

「そうですね」

オーマさんの言う通り、ある意味あの場所でウィップスが襲撃してきてくれて助かった。

もし何も分からないままシュウと戦うことになったら、さっき以上に苦戦しただろう。

そんなことを話し合っていると、レクシアさんが目を輝かせた。

「そう言えば、ユウヤ様！　この子のこと、まだちゃんと紹介されてないわ！」

「にゃ？」

レクシアさんがそう言いながらステラに視線を向けると、ステラ自身は一瞬顔を上げるも、すぐに興味を失ったように毛づくろいを始める。

「……確かに、ずっと気になっていたんだ」

「肯定。新しい家族？」

ステラとは『世界の間』で出会ったことは伝えていたが、その他についてはあまり教えていなかったな。

「うん。新しく家族になった、ステラだ」

「にゃ」

俺がそう紹介すると、ステラは軽く手を上げた。

「さっきも少し話したけど、俺が『世界の間』に行った時、出会ったんだよ。まあどうして家族になってくれたのかは分からないけど……」

「ユウヤでも分からないとは……確か、【ディメンション・キャット】だったか？　一体、どういった存在なんだ？」

そう訊かれても、俺には答えることができない。

もはや俺にとって、ステラが何者なのかなどどうでもよかった。

……思えば、ステラは出会った時から俺に友好的だったな。

ただ、こんな愛くるしい見た目をしているが、インたちと同じで、世界から弾き出されるほどの『存在力』を有している。

まあ、こうして見ると毛並みが恐ろしく綺麗な猫ってだけなんだけどな。

俺がそんなことを考えていると、レクシアさんが興奮した様子で続けた。

「そんなことどうだっていいじゃない！　それよりも、撫でてもいいかしら⁉」

「え、えっと……ステラがよければいいですけど……」

「いいわよね⁉」

鼻息を荒くしてそう訊くレクシアさん。

すると、ステラはレクシアさんに一瞬視線を向ける。

「にゃ」

しかし、拒絶するかのように、すぐ顔を背けてしまった。

そんなステラの様子を見て、レクシアさんが目を見開く。

「なっ⁉」

「あははは！　レクシア、諦めろ。どうやらお前には触られたくないらしいぞ？」

「何ですってぇ⁉」

すると、すかさずルナがいつものように、レクシアを煽り始めた。

う、うーん……本来はレクシアさんは王女様だし、ルナはその護衛だから、不敬罪になるんだろうけど……やっぱり二人は仲がいいな。

つい二人の様子にそんなことを感じていると、ルナがおもむろにステラに手を伸ばす。

「お前はダメでも、私は――」

「にゃ」

ペシッ。

ステラは、ルナの手を叩き落とした。

一瞬、無言の時間が流れると、レクシアさんが噴き出す。

「ぷっ……！　ルナ、貴女も拒絶されてるじゃない！」

「くっ！　おい、ステラ！　私に撫でさせろ！」

ムキになったルナが再び手を伸ばす。

だが……。

「にゃ」

「なっ⁉」

またもステラは、ルナの手を叩き落とした。

その後もルナは何度も挑戦するようにステラへと手を伸ばすが、スルリと躱(かわ)されたり、まともに触れることができない。

「あははは！　残念ね！」

「フン！　私と違い、お前は興味すら持たれなかったがな！」

「何よ⁉」

「ああ……」

またも言い争いを始める二人。

すると、ユティが口を開く。

「挑戦。私も触る」

そう言うや否(いな)や、ユティはじっとステラを見つめた。

「にゃ？」

「……」

ステラはユティを見て首を傾(かし)げるが、両者とも目を逸(そ)らさない。

しばらく見つめ合うと、ユティはステラへと、おもむろに手を伸ばす。

そして――。

「にゃ」

「……」

――――ステラは、ユティの手も叩き落とした。

またも無言の時間が流れると、ユティは先ほどとは打って変わり、凄まじい速度でステラに手を伸ばす。

だが……。

「にゃにゃ～」

ステラは欠伸をしながら、ユティの猛攻をするりと躱してみせた。

その光景に、ますますユティの追撃は過熱するが、やはりステラを捕らえることはできない。

そんな凄まじい攻防を見て、ルナたちは目を見開いた。

「す、凄いわね……」

「あ、ああ……ユティが凄まじいのは分かっていたが、そんなユティが手も足も出ないとは……」

ユティは表情が乏しいので、何を考えているのか読みにくいところがある。

しかし、今はステラに対してムキになっているのが、誰から見ても明らかだった。

その上、まったく触れることができない状況に驚きつつ、焦っている。

「にゃっ！」

「っ！」

しばらくの間、攻防は続いたが、最後にステラがユティの手を叩き落としたことで、終わりを告げた。

ユティは叩かれた手をさすると、悔しそうに呟く。

「……敗北。ステラ、強い」

「にゃ～」

まるで「出直してこい」と言わんばかりのステラの態度に、ユティはますます顔を顰めるのだった。

そんな中、今まで俺たちのやり取りを見守っていたイリスさんが、口を開く。

「皆、まだまだね。ここは私に任せなさい！」

「イリス様！」

「確かに……イリス様であれば、触れることもできるだろう」

「……観察。弱点を見つける」

「にゃ？」

イリスさんがやる気をみせたことで、レクシアさんたちは目を輝かせた。

「ステラちゃんの戦ってる姿はすでに観察しているわ、だから、私も同じように済むとは思わないことね」

「にゃふ」

不敵に笑うイリスさんだったが、ステラはまったく意に介さず、欠伸をした。

あまりにも油断しているステラに、イリスさんは頬を引きつらせると、ユティの時以上の速度で、手を伸ばした。

「大人しく撫でられなさい！」

まさに、神速ともいえる一手。

これは流石のステラも避けられないか？

そう思ったのだが……。

「にゃにゃー」

ステラは軽やかに飛び退くと、イリスさんの手を躱して見せた。

しかし、イリスさんはそれも想定済みだったようで、すでに次の行動に移っていた。

「跳んだら逃げ場はないわよ！」

まだ着地できず、空中にいるステラに対し、容赦なく手を伸ばすイリスさん。

その気迫は、下手したらウィップスと戦った時に匹敵するかもしれない。

……いや、ステラを撫でるだけで何でこんなに本気になってるんだ？

俺が思わず遠い目を浮かべる中、追い詰められたと思ったステラは……なんと、イリスさんの手を足場に、華麗に避けて見せたのだ。

「なっ⁉」

さすがにこれはイリスさんも想定外だったようで、目を見開く。

イリスさんの追撃を躱したステラは、軽やかに着地すると、再び毛づくろいを始めた。

「にゃにゃ」

まだまだ甘いと言っているような態度に、イリスさんは悔し気な表情を浮かべる。

「くっ……本気で挑んだのに、躱された……！」

「いえ、その……撫でるのにそこまで本気にならなくても……」

すると、今までのやり取りを経て、レクシアさんが声を上げる。

「ちょっと、ユウヤ様！　この子、全然触らせてくれないじゃない！」

「そうだそうだ！　コイツ、本当に家族になったのか⁉」

「ええ⁉」

触られてもいいかどうかは俺じゃなく、ステラが決めることだし……。

俺は助けを求めるように、呑気に毛づくろいをするステラに視線を向ける。

「にゃ？　にゃ～」

「なっ⁉」

そんな俺の視線を受けたステラは、すぐ俺の傍に寄って来ると、躊躇なくお腹を見せてきたのだ。

さっきまでとは打って変わり、無防備なステラの姿を見て、俺は反射的にステラを撫でる。

「よしよし」

「ンン！　ゴロゴロ……」

撫でられたステラは、嬉しそうに喉を鳴らした。

「ちょっと⁉　ユウヤ様にはデレデレじゃない！」

「むしろ、懐き過ぎじゃないか……？　まだ出会ってそれほど時間は経ってないんだろう？」

ルナの言う通り、俺とステラはまだ出会ったばかりだ。

本当、何でこんなに俺に懐いてくれているのか……。

何にせよ、可愛い家族に違いはない。

その後も、レクシアさんたちはステラに挑戦したが、結局誰も触ることができなかった。

こうして俺たちがウィップスについて説明したり、ステラと戯れたりしていると、冥子が料理を運んでくる。

「できました！」

「おお、いい匂いじゃのう」

俺たちの前に運ばれてきたのは、なんと……とんかつだった。

他にも、サラダやみそ汁と言った、非常に栄養バランスのいい料理が並べられる。

すると、とんかつに馴染みのないレクシアさんたちは、興味津々と言った様子で料理に目を向けた。

「これはなんて料理？」

「とんかつです！」

「とんかつ？」

「はい！　豚肉に衣をつけて、油で揚げた料理です」

「ふむ……このチキュウに来てから色々食べたつもりだったが……」

「美味しそうね！　でも、どうしてこの料理にしたの？」

レクシアさんがそう訊くと、冥子は恥ずかしそうに答える。

「え、えっと……私の知識の中に、勝負に挑む前はこの料理一択だ！　というものがありまして……」

「あら。シュウとの戦いを控えている私たちにはピッタリね」

確かに、とんかつはゲン担ぎとしてよく食べられる料理だ。

それよりも、冥子にメイドの知識を与えたり、ゲン担ぎ料理の知識を与えたり……冥界にいる罪人たちの知識は不思議だ。

ひとまず冷めないうちに、俺たちは運ばれてきた料理を口にする。

「ん！　柔らかくて美味しい～！」

「衣のサクサク感と、肉汁感が凄いな……」

「肯定。食べると元気になる」

ユティに言われて気づいたが、確かに妙に活力が漲ってくる気がした。

すると、その理由を冥子が答えた。

「あ、ご主人様に出していただいた、【キング・オーク】の肉を使いました！」

「ぶっ！」

「ちょ、超高級食材ね……」

冥子の言葉に、ルナが噴き出し、レクシアさんは頬を引きつらせていた。

そう言えば、冥子に『アイテムボックス』に入れっぱなしだった魔物の素材を渡しておいたんだった。

何度か魔物の素材は食べているので、今更忌避感はない。

むしろ、魔物の素材の方が、地球の食材に比べて美味しいくらいだ。魔力とかが関係しているのかな？

何にせよ、どうりで活力が漲ると思った。

すると、同じく食事をしていたイリスさんが、自身の体を見下ろす。

「さすが、【キング・オーク】の肉ね……一気に体力が回復したわ」

「えっと……取っておいてよかったです」

「これなら、すぐにでも出発できそうね」

冥子の機転により、体力を回復することができたイリスさん。

特に意識はしていなかったが、『アイテムボックス』の素材を使ってよかったな。

すると、みそ汁を口にしたルナが、目を見開く。

「んん!?　な、何だ、このスープは！」

「え、えっと、何かおかしかったでしょうか……？」

ルナの反応に、冥子が恐る恐る尋ねる。

そんな冥子の反応を見て、ルナは慌てて続けた。

「あ、いや、料理に問題があったわけじゃない。このみそしる？　というスープの味も確かに馴染みはないが、美味しいからな」

「そうね。私も飲んだことがない味だわ。でも、どこかホッとするわね！」

レクシアさんの言う通り、みそ汁を飲むと何だかホッとするんだよね。

ただ……。

「じゃあ、どうしたの？」

「問題は、この入ってる肉だ！」

ルナの言う通り、今回のみそ汁には、お肉が入っていた。

俺はまだ、みそ汁に手を付けていないので、味は分からないのだが……。

「何だ、この肉⁉　【キング・オーク】の肉が霞むほど美味しいじゃないか！」

「え？」

まさかの言葉に、俺は驚いた。

というのも、【キング・オーク】の肉も、それは感動するほど美味しいのだ。

そんな肉が霞むほどって……。

ルナの言葉を大げさに感じつつ、俺もみそ汁を口にした。

「⁉」

その瞬間、俺は目を見開く。

な、何だコレ⁉

見た目から豚肉っぽいなとは思っていたが、そうじゃない。

豚肉がもっとあっさりしているのに対して、この肉は独特の風味をしており、それが口の中に一気に広がったのだ。

しかし、決して不味(まず)いわけではない。

むしろ——美味しすぎた。

「め、冥子！　これ、なんのお肉⁉」

思わずそう訊くと、冥子は驚きながらも答えた。

「え、えっと……ご主人様からいただいた、【キング・ミスリル・ボア】のお肉です」

「ああ！」

冥子の言葉を聞いて、俺は納得する。

確か、【キング・ミスリル・ボア】のドロップアイテムとして、【無魔王猪の肉】とやらが手に入ったんだった。

しかも、その肉は、少し味と匂いに癖があるそうだが、一度食べれば、その味の虜(とりこ)になってしまう、とのことだった。

　こうして食べてみて、その説明も頷けた。

　それほどまでに、お肉が美味しかったのだ。

　こんな味だったのかと感動する中、レクシアさんたちは【キング・オーク】の肉を食べた時以上に驚いていた。

「き、【キング・ミスリル・ボア】って……」

「……ここ数百年は討伐記録のない魔物だな。まさか、そんな魔物の肉を食べることになるとは……」

「美味」

　もはや諦めの境地に達しているルナに対し、ユティは気にすることなく食事を続けていた。

　元々【キング・ミスリル・ボア】の肉は、ウサギ師匠との修行の中で手に入れたものなので、同じく『聖』であるイリスさんは、いたって落ち着いた様子で食事を楽しんでいる。

「さて、腹ごしらえも済んだことだし……出発しましょう！」

――こうして、束の間の休息を堪能した俺たちは、改めてシュウの元へと向かうのだった。

＊＊＊

「――シュウ様万歳！　シュウ様万歳‼」


眼下に広がる国民たち。

その国民の顔は一様に明るく、新たな救世主の誕生に歓喜していた。

「……」

そんな熱狂する国民の声に、耳を傾けながら、両腕を広げる一人の男。

『刀聖』――シュウ・ザクレンだった。

シュウは国民の声に浸ると、静かに目を開く。

「……ようやく半分か」

シュウは今、『邪』の完全消滅に向け、全人類の管理という目標を掲げて動いていた。

『邪』は、このアルジェーナに暮らすすべての生物の負の側面が結晶化したものである。

故に、その大本である人間たちの感情を制御、管理することで、『邪』の生まれない世界を創ろうとしていたのだ。

だが、そんなことを大人しく受け入れる国があるはずもない。

当然、各国はシュウの討伐に向け動き出していたが……シュウたちには『神力』という強大な力があり、歯向かう国はどんどん敗れていった。

その上、歯向かってきた国の中枢部の人間をすべて断罪。

普通に考えれば国は混乱に陥るはずだったが、そうはならなかった。

国民を護るための兵はシュウが生み出す『神兵』が担い、痩せた土地は『神力』によって豊穣の地へと変わったのだ。

これにより、中枢部を失った国であっても、シュウは受け入れられた。

他にも、さらに民衆を味方につけるべく、悪政を敷き続ける国の国主を断罪し、その国民を救っていった。

これにより、世界の半分の国ではシュウは救世主として崇められ、その信仰心がまた、シュウの『神力』へと変わり、着実に神への道を歩んでいくのだった。

「どうだ？　これが神の力による幸福だ」

「……」

《くっ……》

シュウがそう問いかけた先には、オーディスとウサギの姿があった。

二人は拘束され、虹に輝く檻に入れられており、身動きが取れない。

「さあ、いい加減私の下に降れ」

《断る……！　貴様の語る幸せは、まやかしに過ぎん！》

「まやかし？　お前たちは、この民衆の顔を見てもなおそう思うのか？」

そう言いながら、シュウは民衆の顔が二人によく見えるよう、虹の檻を動かした。

するとそこには、希望に満ち溢れ、明るい笑みを浮かべる民衆の姿が。

「これが、まやかしだとでも言うのか？」

「……そうだ。この幸せは、貴様が作り出した虚妄であることに変わりない。民衆の心を縛り、感情を一つにするなど……認められるはずがないだろう……！」

そう、シュウの目的は『邪』を殲滅するための全人類の管理。

ここに集まる民衆は、すでにシュウの力により、感情を奪われ、悲しむことも、怒ることもできなくなっていた。

ただ、目の前の出来事に歓喜し、シュウを崇める狂信者たち。

これが、この光景の実態だった。

「それの何が悪いんだ？」

《何⁉》

　しかし、シュウは悪びれた様子もなく淡々と続ける。

「怒りや悲しみなど、幸福の前には不要だ。ただ喜びに溢れる世界……それが真の幸福であると何故分からん」

《……確かに、怒りや悲しみは人を不幸にするだろう。だが、人が前に進むための原動力にもなる！　それを貴様の勝手で奪うなど、断じて許されることではない！》

「許されるんだよ。私は神なのだから」

　そう告げるシュウの体から、圧倒的な『神力』が溢れ出る。

　その余波がシュウの下に集まった民衆にまで及ぶと、彼らは恍惚とした表情を浮かべた。

「ああ……これが神の力……！」

「シュウ様、シュウ様あああああ！」

　神の力に酔いしれる民衆。

　そんな彼らを前に、オーディスは顔を歪めた。

「……こんなものは、世界征服と何ら変わらん。これでは『邪』と何が違うと言うのだ⁉」

「――ヤツらと一緒にするなッ！」

「！」

シュウは、オーディスの言葉に声を荒らげた。

「ヤツらは……存在してはならない。すべて消し去らなければいけないんだ」

そう告げるシュウの目には、深い憎悪が刻まれていた。

＊＊＊

――『刀聖』シュウ・ザクレン。

彼は、とある村のごく一般的な家庭に生まれた。

だが……国が無意味な戦争を繰り広げ、さらに、肥え太った領主により不当な税を課され、村は常に貧しい状態だった。

それでも彼は幸せだったのだ。

父と母、そして幼馴染。

かけがえのない、大切な家族がいたからこそ、彼は貧しい中でも楽しく生き抜くことができた。

彼はある程度の年齢になると、畑仕事や山での狩りを任されるようになる。

中でも狩りの腕は凄まじく、十歳という幼さでありながらも、気づけば村一番とまで言われていた。

そんなある日、シュウがいつも通りに山で狩りをしていると、山の様子がいつもと違うことに気づく。

嫌な予感がしたシュウがすぐに村に戻ると――――そこは地獄と化していた。

漆黒の獣……『邪獣』の群れが、村を襲ったのだ。

本来はそう簡単に出現することのない邪獣。

しかし、戦争中の国では負の感情が多く集まり、邪獣の出現が活発化していたのだ。

その上、領主や国はろくに兵を回さないため、小さな村では太刀打ちできなかった。

事実、シュウが帰って来た時にはもう、村の人間はすべて食い尽くされ、幸せだった日常は一瞬にして崩れ去った。

呆然とするシュウ。

しかし気づいた時にはすぐに皆の仇を取ろうと、目の前で村を破壊する邪獣に対し、自然と体が動いていた。

だが所詮は狩人でしかなかったシュウは、邪獣の返り討ちにあい、殺されかける。

それでもなお、一体でも殺そうと足掻いていたところ……先代の『刀聖』が現れた。

先代は一瞬にして邪獣を倒すと、唯一の生き残りだったシュウを助ける。

そして、シュウの目に宿った憎悪に気づいた。

すべてを奪った邪獣と、何もしなかった国に対する憎悪。

幼いながらも憎悪を燃やすシュウに同情した先代は、シュウを引き取ることを決意。

自身の技と、復讐するための強さを与えた。

――ただ先代は、シュウを育てる中で、その復讐心がいつか薄れることを願っていた。

若いシュウに、復讐に囚われた人生を歩んでほしくない……そう願いながら育てたのだ。

そして、シュウは先代からすべての技を……『刀聖』の称号を受け継いだ。

そこからシュウは、『刀聖』として、『邪』を滅ぼすために積極的に動き始めた。

とはいえ、ただの復讐のために『邪』を狩るのではない。

己と同じ境遇の者が生まれぬように『邪』と戦い続けたのだ。

こうして先代の願い通り、シュウの復讐心は薄れたかのように思われた。

だが――――ある日を境に再び、復讐心に火が付いた。

それは、とある村を襲った邪獣を倒した時のことだった。

その村は、かつてのシュウの村を彷彿(ほうふつ)とさせるような、素朴で貧しい村だった。

それでも、村人たちは幸せな毎日を過ごしていたのだ。

そんな中、襲い来る邪獣の群れ。

その村がある国もまた、戦争に明け暮れていたのだ。

幸い、村人の一人が邪獣に気づき、すぐさま領主の元に向かい、救援を求めた。

しかし返って来たのは……無慈悲な答えだった。

「邪獣ぅ？　そんな訳の分からんものに貴重な戦力を割けるわけないだろう！」

「そ、それでは我々の村はどうなるのですか⁉」

「何とかしろ！　言っておくが……それで畑がどうなろうとも、税はいつも通りに納めてもらうからな」

まさに死刑宣告。

邪獣を相手に、まともな戦闘経験もない村人では、とても戦うことは不可能だった。

もはや生き残るには逃げるしかない。

しかし、近くの村も存続するのに精いっぱいで、受け入れてくれる場所もなく、その上、逃げたことが領主にバレれば、どんな仕打ちが待っているか分からなかった。

どうすることもできない状況に、村人たちが絶望する中……シュウが現れた。

「……やはり世界は変わらんか」

寂しく、すべてを諦めたような目をしたシュウは、向かい来るすべての邪獣を斬り伏せ、村を救ったのだ。

世界は変わらない。

それを酷く痛感したシュウだったが、その代わり、村を救うことができたのだ。

それだけで十分だと、村から立ち去ろうとするシュウ。

だが、そんなシュウを村人たちは引き留めた。

「救世主様……！　貴方様のおかげで、村は救われました！　本当に……本当にありがとうございます！」

村人全員が一斉に頭を下げ、まるで神を崇めるかの如くシュウに感謝した。

「⁉」

その瞬間だった。

突如、シュウの体にかつてない力が湧き上がってきたのだ。

その力は村人が祈れば祈るほど強くなり、やがてシュウの体から虹に輝くオーラが溢れ出た。

「お、おお！　なんと神々しい……！」

そんなシュウを見て、村人はまさにシュウこそが真の救世主だと、大いに崇めた。

「こ、この力は一体……」

――シュウが『神力』を手にした瞬間だった。

『神力』は、まさにシュウが求め続けていた力そのもの。

世界を変える力だった。

「これが……この力さえあれば、世界を変えることができる……！」

無駄だと諦め、蓋をしていた復讐の心に再び火が付く。

醜く争う人類を、そしてすべてを奪った『邪』を滅ぼすために。

「すべてを正すため、私は……神になる」

そう、誓ったのだった。

――そこからのシュウの行動は早かった。

『神力』を手に入れたシュウは、早速領主の元に向かう。

「な、何だ貴様は！」

「――――神だ」

シュウは端的にそう告げると、狼狽える領主の首を斬り落としたのだ。

そして、他の民たちを虐げる領主や貴族の元に赴くと、再び断罪の刃を振るった。

「や、やめ――――」

「ぎゃあああああ！」

「た、助けてくれぇ！」

「――――お前たちは、間違え過ぎた」

命乞いにも耳を貸さず、ただ淡々と首を斬り落としていくシュウ。

この状況に恐怖を覚えた貴族たちは、すぐさまシュウの討伐を試みたが、すべて返り討ちにあい、次々と粛清されていった。

こうして国中に、血の嵐が吹き荒れた。

「やった……アイツらが死んだぞ！」

「シュウ様のおかげだ！」

だが、そんな悲惨な状況の中でも、民たちは喜び、シュウを崇めていく。

「やはり、俺の行いは正しかったんだな……」

増えていく『神力』を実感しながら、シュウは己の行動に正義を見出した。

「そうか……神が君臨し、すべてを管理すれば……世界は幸せになる」

そして、その考えに至ると、次々と『聖』たちを仲間に引き入れ、理想とする世界を創るために動き出したのだった――。

＊＊＊

かつての記憶を呼び起こし、冷静さを取り戻したシュウは、改めてウサギたちに目を向けた。

「私の行いが虚妄だと言うのなら、お前たちの行いは虚妄にすらなりきれぬ、未熟で半端なものだ。現状を変えようともせず、ただその役目に流される愚か者……そんなお前たちが、私の前で理想を語るな」

《くっ……！》

「……まあいい。ここまでお前たちが強情だとは思わなかった。それに、紛い物とはいえ、『神威』などという神のなりそこないの力も使えるとはな。それさえなければ、お前たちにも我が理想を共有できただろうに……」

「……何が理想の共有だ。それは洗脳というのだ」

「仕方がないだろう？　我々の理念を理解できぬ愚か者には、そうする他――――」

そこまで言いかけた瞬間だった。

シュウは遠くの空を見つめ、目を細める。

「……ウィップスの気配が消えただと？」

それは、イリスの捕獲に動いていたウィップスの気配が消失したことに気づいたからだった。

「馬鹿な……イリスはすでに手負いだったはず。それなのに、神の一人であるウィップスが負けただと？」

険しい表情でそう呟くシュウを見て、ウサギは何かを察すると密かに微笑んだ。

《(イリス……無事にユウヤと合流できたのだな)》

ウサギはイリスが優夜と合流できたことを確信していた。

しかし、それを悟らせずに黙っていると、シュウから押しつぶされるような圧を懸けられる。

「――――ウサギ。何か知っているな？」

《っ！　……さあ、な》

「……」

じっとウサギを見つめるシュウ。

しかし、すぐに圧を霧散させると、ウサギたちの入った虹の檻(おり)を宙に浮かべた。

「レオに続き、ウィップスまで失った。これ以上の損失は認められん」

そして踵(きびす)を返すと――。

「私が出よう」

そう口にして、ウサギたちごとその場から消えるのだった。

＊＊＊

シュウが動き始めた頃。

ジョシュアに求婚された佳織(かおり)は、父の司(つかさ)に相談すべく、理事長室を訪れていた。

「そんなことが……」

佳織から事の顛末(てんまつ)を聞いた司は、頭を悩ませた。

「どうしたらいいでしょうか……」

そして求婚された当の本人である佳織も、困惑した表情を浮かべる。

「一つ訊いておくが、佳織はジョシュア様と結婚するつもりは……」

「ありません！」

司の言葉に、佳織は慌ててそう口にした。

「なるほど……私としても、佳織に結婚はまだ早いと思っているよ」

「なら……」

「ただ、相手は一国の王子……それも、王位継承第一位のジョシュア様だ。無下にすると、国際問題にも発展しかねない……」

「そんな……！」

「もちろん、私としても断る方向でいるが……果たしてどうなることか……」

どれだけ考えても答えは出ず、二人は頭を抱えるのだった。

第三章　激突

謎の世界に飛ばされたナイトたちは、次々と襲いかかる化物を相手にしつつ、荒廃した世界を歩いていた。

そして化物を倒すたびに獲得する不思議な欠片から、どんどん緑色の力を体に蓄えていった。

結局、その力が何なのか分からないまま進んでいると、今まで相手にしてきた化物の中でも、特に強烈な気配を放つ存在が目の前に現れた。

「────」

そいつは人型の化物で、体長は優に20メートルを超えていた。

人間でいう顔の部分には目や鼻といった器官は見当たらず、全身を覆う灰色の皮膚がのっぺりと張り付いていた。

手足からは所々機械のような物が飛び出し、背中からは触手が数本蠢いている。

「グルルル……」

ナイトたちにとって、その化物は初めて見るものだった。

明らかに今まで戦ってきた化物とは格が違う。

そんな化物を前に、ナイトたちは臨戦態勢を取っていた。

すると――――。

「ウォン⁉」

一切の気配を感じさせず、化物の背中の触手が、凄まじい速度でナイトたちに迫った。

ナイトはすぐさまアカツキを咥えて飛び退き、シエルも回避する。

だが、触手は空中で軌道を変え、ナイトたちを追い続けた。

「ピィイイイ！」

そんな触手に対し、シエルは全身に青色の炎を纏うと、あえて触手に突っ込んでいく。

そして、触手を次々と焼き切り、本体の人型の化物に迫ると、そのまま突撃した。

だが……。

「ぴ⁉」

人型の化物は、シエルの強烈な一撃を、その機械が入り混じった腕で受け止めたのだ。

「――――」

「ぴぃいい！」

化物が無造作に腕を振るうと、シエルは大きく吹き飛ばされる。

するとアカツキを安全地帯に置いたナイトが、すぐさま空中でシエルをキャッチし、そのまま着地した。

「ぴぃ……」

「ウォン！」

落ち込むシエルを慰めるように一鳴きすると、今度はナイトが化物目掛けて突撃する。

その瞬間、再び触手が、雨のように降り注いだ。

「グルルル……ウォォオオン！」

しかしナイトはそれらの攻撃を華麗に避けながら化物の懐(ふところ)に潜り込み、その鋭い爪で胴体を斬り裂いた。

「キィィイイヤアアアアアアアア！」

「わふ⁉」

「ぴ、ぴぃ……」

すると、突如化物が耳をつんざくような叫び声を上げた。

なんとその際、のっぺりとしていた顔の、口元がまるで引き裂かれたように広がり、中から口らしきものが現れたのだ。

そんな口から発せられた叫び声は凄まじく、周囲に点在していた廃墟が吹き飛び、さらに周囲を埋め尽くしていた砂が嵐のように舞い上がった。

それだけでなく、叫び声を聞いたナイトとシエルは、ふと体から力が抜けていく感覚に襲われた。

化物の叫び声には、聞いた者の力を奪う効果が含まれていたのだ。

身動きが取れなくなったナイトたちに、化物は手足を大きく振りながら、全速力で接近してきた。

「アアアアアアアアアアアアアア！」

「わ、わふ……！」

不気味な声を上げながら接近してくる化物は、ナイトたちから見ても恐怖でしかなく、必死に逃げようとするも、やはり叫び声の影響で身動きが取れない。

焦るナイトたちだったが、次の瞬間、ナイトたちの体を温かい何かが包み込んだ。

「わふ？」

「ぶひ！」

なんと、アカツキが『聖域』スキルを発動させたことで、ナイトたちの体にかかっていた特殊な状態異常が解除されたのだ。

間一髪のところで動けるようになったナイトたちは、化物の突撃を躱すと、すれ違いざまに攻撃を加えていく。

「ウォオオオン！」

「ぴぃぃいいいい！」

「キヤアアアアアアアアア！」

ナイトによって背中の触手が斬り裂かれ、足元をシエルに貫かれた化物は、再び叫び声を上げた。

しかし、未だにアカツキの『聖域』が発動していたことで、ナイトたちはその影響を受けずに済んだ。

だが……。

「わん!?」

なんと、与えた傷が、徐々に回復していったのだ。

ナイトがそのことに驚く中、化物は闇雲にその腕を振るう。

「アアアアアアアアア！」

ただ腕を振るってるだけにもかかわらず、周囲の地形は一撃で変化し、とても近づける状況ではない。

その上、生半可な攻撃では、すぐに回復されてしまうのだ。

とはいえ、ナイトたちの体の大きさでは、化物に致命傷となるダメージを与えることは難しいだろう。

アカツキは大きくなることもできるが、化物の攻撃を受け止めるだけの力がない上に、化物を圧倒する攻撃技も持ち合わせていなかった。

このままではどうすることもできないと、ナイトたちが苦戦していると、不意にナイトは自身の体に違和感を覚えた。

だが、その違和感は決して不快なものではなかった。

ナイトはその状況を言語化することができなかったが、この謎の世界で身体に吸収した不思議な緑の光と、ナイトの中に眠る何かが反応しているようだった。

ナイトは一か八か、この体の違和感に身を委ねた。

すると――――。

「ふご⁉」

「ぴ⁉」

突然、ナイトの体が光り始めた。

その光はどんどん大きくなると、やがて目の前の化物すら飲み込むほどにまで巨大化していく。

そして――――。


「――――ウォン」


光が収まると、中から現れたのは……かつてドラゴニア星人との戦いの中で発動した、【夜神狼(やしんろう)の神威(かむい)】のスキルを覚醒させたナイトだった。

本来このスキルを発動させるには、環境が【夜】である必要がある。

だが、この謎の世界では、空の色が根本的に異なることから、昼や夜といった概念が存在するかも怪しかった。

何より、こうして覚醒を遂げたナイトだったが、ドラゴニア星人との戦いの時とは異なる部分があった。

なんと、ナイトの体から、今まで吸収してきた緑色の光が、揺らめくように立ち上っていたのだ。

突然の変化に驚くシエルたちだったが、一番驚いていたのはナイト自身だった。

「ウォ、ウォン？」

ドラゴニア星人との戦いの中でも覚醒したナイトだったが、改めてこの状態を自身が認識したのは初めてだった。

ナイト自身、巨大化した話だけは聞いていたが、その時の記憶がなかったため、半信半疑だったのだ。

ともかく、こうして覚醒したナイトは、目の前の化物すら圧倒する巨体となった。

「キ、キィィイイイ」

突如現れた巨大なナイトに、化物も圧倒される。

しかし、それと同時に、ナイトの体から立ち上る緑色の光に目を向けると、今まで以上の獰猛さを剝き出しにして、襲いかかった。

「アアアアアアアアアアアアアアアア！」

すべての触手と、両手足を使った連続攻撃。

それらすべてをナイトの体に叩き込む。

だが……。

「ウォン」

緑色の光が、まるでシールドのように働き、そのすべての攻撃を防いだ。

その結果、ナイトの体には傷一つ付いていなかった。

「アアアアアアアアアアアア！」

化物はなおムキになって攻撃を続けたが、結果は変わらなかった。

そして――――。

「ウォォオオオオン！」

「――――!?」

ナイトが遠吠えを上げると、凄まじい衝撃波が、この謎の世界全域を駆け抜けた。

その衝撃波を間近で受けた化物は、一瞬にして吹き飛ばされると、その勢いに肉体が耐え切れず、どんどん体が千切れていく。

「アアアアアアアアアアア！」

絶叫を上げる化物。

しかし、どれだけ声を上げても、ナイトの遠吠えは収まらず、何より化物は体を回復させることもできずに、そのまま他の化物たちと同じように、砂の如く崩れて消えていったのだった。

こうして突如現れた化物を倒したナイトは、再び体が光らせて、元の大きさに戻る。

「わふ？」

結局、何故いきなり巨大化できたのかも分からないナイトだったが、ひとまず化物を倒せたということでほっと一息つくのだった。

「ぴぴ！」

「わん？」

シエルの声に反応すると、先ほど化物が消えていった場所から、今までも見てきた不思議な欠片が現れた。

だが、その欠片は今まで見てきたどの欠片よりも巨大で、ナイトたちは圧倒される。

「わふ」

「ふご？」

「ぴぃ」

この欠片が何なのか分からないまま、ひとまず様子を見守っていると、これまでと同じように三つに割かれ、ナイトたちへと吸収されていった。

その次の瞬間。

「わふ⁉」

今までとは異なり……倒した化物の記憶がナイトたちの脳内に流れ込んできたのだった。

＊＊＊

ウィップスを倒した後。

俺たちはイリスさんの案内の下、シュウの元へと向かっていた。

本来、一度シュウたちの本拠地を訪れたイリスさんであれば、『神威』を使って一瞬で転移することができる。

しかし、シュウたちの本拠地には『神力』が漂っているらしく、それが邪魔して本拠地までの瞬間転移は行えなかったのだ。

とはいえ、その本拠地の近くまで転移すると、そこからは全力で移動を続け……ようやく本拠地があるという場所に辿り着く。

そこは、妙な圧力を感じる巨大な谷だった。

「イリスさん、ここって……」

「ここは【竜谷】よ」

「【竜谷】⁉」

その名前は耳にしたことがあった。

というのも、俺が過去に飛ばされた際に、虚竜がいた場所の名前だったからだ。

その名の通りというか、谷の上空には無数の竜が飛んでおり、そのうちの一体がこちらに気づいて攻撃してくる。

「させません！」

しかし、すぐさま冥子が『妖鎖』を発動させると、そのまま竜は縛り上げられ、さらに鎖で体を貫かれたことで、谷底へと落ちていった。

その様子を見ていると、イリスさんが続ける。

「見ての通り、竜種が無数に生息する土地……その危険度は【大魔境】に匹敵するわ」

「は、はあ……」

「……まあ【大魔境】に住んでいるユウヤ君からしたら、あまり大差ないかもね」

とんでもない。

【大魔境】の危険さはよく分かっている。

そんな場所に匹敵するとは……。

「相手はシュウだけじゃない、ってことですね……」

「そうね……でも、シュウとの戦闘になれば、シュウや私たちから放たれる力の気配で、竜たちも近づいて来れないはずよ」

ひとまず、戦いはシュウだけに集中すればいいと分かり、安心した。

これで竜の相手までとなると、いくら何でも戦力が足りないからな。

「さて、それじゃあ行くわよ！」

「――――おっと、その必要はありませんよ」

「！」

俺たちが【竜谷】に足を踏み入れようとした瞬間だった。

「ユウヤ君、避（よ）けて！」

「っ！」

イリスさんの言葉を受け、俺はその場から飛び退く。

すると、突然、弦楽器の音が鳴り響いた。

綺麗（きれい）なその音に驚いていると、先ほどまで俺が立っていた場所が、不可視の何かによって大きく砕かれる。

「なっ……」

その光景に驚いていると、谷から二つの人影が現れた。

「ようやく捕まる気になりましたか」

「今度こそは逃がさん」

現れたのは、竪琴(たてごと)を手にした吟遊詩人風の男と、鹿の角を生やした男だった。

「トーン、セラス……」

「どうやら逃げ回るのは無駄だと悟ったようですね」

どこか小馬鹿にするようにそう告げる吟遊詩人……トーンに対し、イリスさんは勝気な笑みを浮かべた。

「ハッ……違うわよ。私たちは、貴方たちを倒しに来たのよ」

「倒しに来ただと？　馬鹿が、あれ程やられたというのに、まだ己との力の差も分からんとはな……」

鹿角の男……セラスもまた、イリスさんの言葉に嘲笑を浮かべる。

「確かに、私一人では勝てないでしょう。でも……今回は心強い仲間がいるのよ」

イリスさんがそう宣言すると、トーンたちの視線が俺たちに向けられた。

「……フン、誰を連れてきたかと思えば……まさか『聖（せい）』ですらない者たちを連れてくるとは」

「まさか、そこのガキとメイドに戦わせるつもりか？」

「にゃにゃ！」

自身が戦力として数えられていないことに不満を持ったステラが、抗議の声を上げるも、セラスたちはそれを無視した。

「……好きに思えばいいわ。どのみち貴方（あなた）たちはここで……倒す」

「ハッ……やってみろ！」

セラスはそう叫ぶと、そのまま一直線にこちらに突っ込んできた！

「冥子！」

「はい！『妖鎖』！」

「何⁉」

すると、突撃してきたセラスを受け止めるように地面から無数の鎖が出現すると、セラスの体に巻き付いた。

だが……。

「妙な力を使いますね……『音覇』！」

再びトーンが竪琴を鳴らすと、不可視の一撃により、鎖が砕け散った。

「なっ……！」

「っつ……トーン！　もっと丁寧に壊せんのか！」

「痛いのが嫌でしたら、捕まらないことですね」

「チッ……さっきは油断しただけだ！　次は……仕留めてやるッ！」

「くっ……『妖鎖』！」

またも突撃してくるセラスに対し、再び冥子が鎖を出現させた。

すると、セラスの角の間に虹の輝き……『神力』が集まる。

「邪魔だ！　『神角穿（しんかくせん）』！」

そして、集まった『神力』は、襲いかかる『妖鎖』をすべて斬り裂いた。

「食らえッ！」

「ハアッ！」

「むっ!?」

しかし、そこにイリスさんが斬りかかると、セラスは角を翻（ひるがえ）し、イリスさんの剣を迎え撃つ。

「フン……また『神威（かむい）』などという紛（まが）い物か。そのような力で止められるとでも？」

「さあ、ね。でも……一人じゃないわよ！」

「――――せやあっ！」

「なっ……ぐっ！」

イリスさんがセラスを受け止めている隙に、俺は急接近してその身体を【全剣】で斬り裂いた。

だが、セラスは瞬時に身を引き、大きなダメージは与えられなかった。

「馬鹿な……神であるこの身に傷をつけただと？」

「……どうやらあの武器には妙な力があるようですね」

「それがどうした……武器に力があろうが、我らを倒すことはできん」

セラスがそう口にした瞬間、俺のつけた傷は一瞬にして塞がってしまった。

やはり、『神威』や『存在力』を使った攻撃でないと、倒すことはできないようだ。

すると、トーンが竪琴を鳴らす。

その瞬間、トーンたちの背後から、神兵が無数に出現した。

「神に歯向かうということがどれほど愚かなことなのか……身をもって知ってもらいましょう」

「来るわよッ！」

そうイリスさんが叫んだ瞬間、神兵と不可視の攻撃が同時に飛んできた。

ただ、トーンの不可視の攻撃は魔力の塊を飛ばしているようで、魔力の察知に意識を向けていれば、避けることは可能だった。

しかし、神兵の群れが、俺たちの行動を阻害してくる。

「ご主人様！　神兵の相手は私が……！」

「頼む！」

『神威』を使えない冥子が、神兵の相手を引き受けてくれた。

「『妖鎖』！　そして……『妖人形』！」

冥子はいつも通り妖力の鎖を出現させながら、新たな技を繰り出す。

すると、地面から妖力がゆらゆらと湧き上がり、それらが徐々に人の形を成していった。

まさに、妖力でできた兵士のようなその存在は、出現するや否や神兵に襲いかかる。

「この技は……」

「神兵という存在を見て、やってみました！」

なんと、神兵を参考にしたらしい。

そんな簡単に、新しい技って作れるもんなんだな……。

まあ俺以上に『妖力』に慣れ親しんでいる冥子だからこそできたことなのだろう。

ともかく、冥子のおかげで神兵の心配が必要なくなった俺たちは、改めてトーンたちの相手をすることに。

「イリスさん！　トーンは俺が！」

「分かったわ！」

「……ずいぶんと舐められたものですねぇ！」

俺が相手をすると言ったことで、トーンは額に青筋を立てる。

「まだ俺たちを倒せるなどと思い上がっているのか？」

「ええ、そうよ！」

「ぐっ……！」

斬りかかるイリスさんを、その角で受け止めるセラス。

「馬鹿な……前はここまでの力はなかったはず……！」

「生憎、私も成長してるのよ！」

「ほざけッ！『神角穿』！」

「やあああああっ！」

激しい剣撃を繰り広げるイリスさん。

「よそ見とは感心しませんねぇ！」

「！　ハッ！」

イリスさんの戦いに俺が気を取られていたところ、トーンから不可視の攻撃を受けた。

しかし、それらをバックステップで避けつつ、『アイテムボックス』から【絶槍】を取り出し、トーンへと投げつける。

「む……また新たな武器⁉」

トーンは【絶槍】を避けようとするが、【絶槍】は彼を追い続けた。

「チィ……！　追尾するとは厄介な！　『音覇』！」

だが、トーンは不可視の攻撃を【絶槍】にぶつけ、弾き返してしまう。

しかし、俺はすでに次の攻撃を用意していた。

「【無弓】！」

「があっ！」

ウィップスの時と同じように、俺は【無弓】を取り出し、矢を放った。

トーンの攻撃も不可視だが、向こうは魔力という、ある意味での実体を持っている。

しかし、この【無弓】は真の意味で不可視。

魔力の塊でもないため、察知して避けることはまず不可能だった。

「ぐぅ……貴様ッ！」

残念ながら、察知されないように、『存在力』を込めることはできなかったため、トーンの傷はすぐに回復する。

それでも、一瞬の気を引くことができれば十分だった。

それは――――。

「ステラ！」

「にゃ！」

「なっ……猫⁉」

今まで気配を消していたステラが、トーンの背後に現れたのだ。

「フシャアア！」

そして空を蹴り、一気に加速すると、その身を貫く。

「ぐあああああああああ！」

腹に穴を開けたトーンは、たまらず膝をついた。

「なっ……トーン⁉」

「よそ見してんじゃないわよ！」

「くっ！」

イリスさんの方もまた、戦闘が最終局面を迎えていた。

そんな中、トーンが必死に傷を治そうと腹に手を当てる。

だが……。

「な、何故だ⁉　何故傷が塞がらない⁉」

「にゃ～」

ダメージを与えた当の本人であるステラは、呑気に毛づくろいをしている。

ステラの持つ『存在力』による攻撃のせいで、トーンの傷は一向に塞がらなかった。

そして、ついに限界を迎えたのか、そのまま倒れ伏す。

「ば、馬鹿な……我々は、神に……」

「トーンッ！」

「――――こっちも終わりよ」

トーンが倒れたことで焦ったセラスに対し、イリスさんは剣を上段に構えた。

そんなイリスさんに、セラスは角を向ける。

「終わりだと⁉　紛い物である貴様に、真の神である俺が負けるかあああああ！」

ひと際巨大な『神力』を角に集中させたセラスは、そのままイリスさんを貫かんと突撃してくる。

だが……。

「────！」

イリスさんは【無為の一撃】を放つと、そのままセラスの『神力』ごと断ち斬った。

……やはり、イリスさんもあの境地に到達したんだな。

改めてイリスさんの剣撃を見てそう感じた俺だったが、特に不思議だとは思わなかった。

むしろ、今まで剣を修行してきたイリスさんなら、いずれ辿り着くのは分かっていたからだ。

『神力』を一刀両断され、体も半分に斬り裂かれたセラスは、目を見開く。

「あ、あり得ぬ……神を斬る、など────」

そして、そのまま砂のように崩れて消えていくのだった。

トーンとセラスが倒れたことで、周囲に出現していた神兵たちも、そのまま崩れるように消えていく。

「お、終わったんですか？」

「ひとまずね。神兵たちの相手をしてくれて、ありがとう」

「そうね。メイコちゃんがいたから、私もセラスとの戦いに集中できたわ。ありがとう」

「とんでもございません！　メイドである私の役目は、ご主人様の補助ですから。当然のことをしたまでです」

そう口にして、冥子(メイコ)は恭(うやうや)しく頭を下げた。

うーん……なんていうか、この知識を冥界で身に付けたって考えると、やっぱりおかしいよね。

まあ本人がいいのなら、俺から言えることは何もないんだけどさ。

それよりも……。

「イリスさん、あの一撃は……」

「……あれは、前にセラスたちと戦った時に体得した技なの。まだ完璧じゃないけどね」

苦笑いするイリスさんだったが、俺からすれば本当に凄(すご)いとしか言いようがない。

俺はゼノヴィスさんのおかげで【無為の一撃】に辿り着いたわけだが、イリスさんは独力で手に入れたのだ。

しかも、まだあの感覚を摑(つか)んでまもないはずなのに、初めて俺が【無為の一撃】を放った時と違って、息切れもしていない。

やはり、長年剣を振り続けてきたからだろうな。

「さて……それじゃあいよいよ本拠地に乗り込みますか」

「はい！」

俺たちは改めて【竜谷】の奥へと足を踏み入れようとした……その瞬間だった。

「まさか、こんなことになるとはな」

「なっ⁉」

突如、凄まじい圧力が俺たちを襲う。

この感じ……インから『存在力』をぶつけられた時と似ている……！

まるで世界そのものを押し付けられているかのような息苦しさに驚く俺たち。

その圧力の正体に目を向けると、上空に一人の男が佇んでいた。

一見、侍のような恰好をしたその男に、イリスさんが鋭い視線を向ける。

「シュウ……！」

——ついに、シュウ・ザクレンが俺たちの前に姿を現したのだった。

＊＊＊

——優夜がシュウと邂逅した頃。

棺から現れた女性の身体に、異変が起こっていた。

「……ぁ……」


女性は額に汗を滲ませながら、苦しそうな呻き声を上げる。

その声に、女性の様子を見に来たレクシアが気づいた。

「ん？　ちょ、ちょっとルナ！」

「どうした？」

「この子、苦しそうじゃない⁉」

「何？」

すぐにルナが様子を確認し、女性の額に手を当てると……。

「凄い熱だ……」

女性は発熱しており、かなり体温が上がっていたのだ。

ルナの言葉を聞いたレクシアは、思わず慌てる。

「そ、そんな！　ど、どうしたらいいのかしら⁉」

「落ち着け。だが、病人には回復魔法も効かないし……」

これが怪我(けが)であれば、回復魔法を使って治療できた。

しかし病気の場合、回復魔法では効果がなく、薬による治療しか方法はない。

ただ、現在女性は気を失っており、薬を飲ませることもできなかった。

とはいえ、このまま放置するわけにもいかず、どうしたものかと頭を悩ませていると、レクシアが何かを思いつく。

「そ、そうだわ！　オーマ様に頼んで、どこか寒いところに連れて行ってもらいましょ！」

「馬鹿か⁉」

「何でよ！　こんなに熱が出てるんだし、体を冷やさなきゃ！」

「それはそうだが、何かが違う！」

「それじゃあどうしろって言うのよ！」

「それは……」

焦るあまり、レクシアはとんでもないことを口にしていたが、そんな自覚はなかった。

すると、ユティがふらりと現れる。

その手には、水の入った桶(おけ)と、タオルが。

「持参。濡(ぬ)れたタオル、持ってきた」

呆気にとられるレクシアとルナ。

すぐにレクシアは感心したように口を開いた。

「……やるわね、ユティ」

「むしろ、どうしてこんな簡単なことが思い浮かばないんだ……」

「ちょっと！　ルナだって気づかなかったでしょう⁉」

再び言い争いを始める二人。

ちなみにレクシアはあまり風邪をひくタイプではなく、ルナは体調にかかわらず依頼をこなしてきたため、二人とも病人を看護する経験がほぼなかった。

それに対してユティは、言い争う二人をよそに、苦しそうな女性の額にタオルを乗せた。

ユティ自身は体調を崩すたびに、アーチェルから看病を受けていたため、こうして看病することができたのだ。

そんな三者三様に、様子を見に来たオーマは呆れたように呟いた。

『まったく、何がしたいのやら……』

そしてそっと魔法で部屋に冷気を流し込むと、その場を後にする。

「……ん……」

「え？　あ、る、ルナ！　今、声がしなかった⁉」

女性が目醒める気配をいち早く察知したレクシアがルナに叫ぶ。

すると次の瞬間――――。

「……ぁ……」

「み、見て！　目を醒ましたわ！」

「分かっているから騒ぐな！」

女性は、静かに目を開く。

そんな女性に対して、レクシアは声をかけた。

「大丈夫？　私の声、分かるかしら？」

「……」

だが、女性はまだ虚ろな表情を浮かべており、どこか夢見心地といった様子だった。

そんな女性の様子にレクシアたちが顔を見合わせると、可愛らしいお腹の鳴る音が響く。

「……レクシア？」

「わ、私じゃないわよ⁉　そう言うルナなんじゃないの？」

「もちろん違うが？」

「注目。この女から聞こえた」

「「あ……」」

ユティの言葉によって冷静になった二人。

改めて女性に目を向けると、レクシアは悩まし気な表情を浮かべる。

「そうね……よくよく考えたら、あの棺の中にずっといたんだもの……お腹が空いてて当然よね……よし、決めたわ！」

「……何を決めたんだ？」

何だか嫌な予感がしつつも、ルナはレクシアにそう訊く。

するとレクシアは、何を訊いてるんだと言わんばかりに胸を張った。

「そんなの、この子のために料理を作ることよ！」

「ちなみに、誰が？」

「もちろん、私よ！」

「却下だ」

「何でよ！」

すぐに拒否されたレクシアは、すかさず咬みつく。

しかし、ルナはそんなレクシアに臆することなく続けた。

「お前、自分の料理の腕が分かってて言ってるのか⁉」

「当たり前じゃない」

「分かってたら料理するなんて言わないだろ！」

「どういう意味よ！　私の腕なら料理してもいいでしょう⁉　何が問題なのよ！」

「お前の料理は命にかかわる！」

「はあ？　何言ってるのよ。料理で死ぬわけないでしょう？」

「……その料理で殺されかけたんだがな」

そう、レクシアは調理過程が危険なだけでなく、生み出される料理もまた凄まじい味に仕上がるのだ。

本来、味見をしていれば、自分の料理が美味しいかどうかは判別できるだろう。

しかしレクシアは、自身の料理を食べても、特に何も感じることがなかったため、味見の意味がまるでなかった。

そういった事情から、ルナとしてはレクシアが料理するのは何としてでも阻止したかったのである。

だが……。

「もう、いちいちうるさいわね！　そんなに心配なら、ルナも一緒に料理すればいいじゃない！」

「それは……」

「何と言われようとも、私は料理するからね！」

「あ、おい！」

レクシアはそう言うと、さっさと台所に向かっていった。

すると次の瞬間、再び女性のお腹が鳴る。

ただ、そんな状況でも一向に女性の意識が覚醒する気配はなく、未だに虚ろな表情を浮かべたままだった。

そんな女性を見て、ルナはため息を吐く。

「……はぁ。仕方がない。ユティ、すまないが、その女性を見ていてくれるか？」

「了解」

ユティに女性の世話を頼むと、すぐさま台所へと向かう。

その瞬間、ルナを待っていたかのように包丁が飛んできた。

「ッ⁉」

「もう、何で包丁が滑るのよ……って、ルナも来たのね？」

「……ああ。今のを見て、ますます放っておけなくなった」

レクシアの近くで料理をするのは危険だが、このまま放置する方が恐ろしかった。

下手をすれば、台所が爆発……なんて事態にもなりかねない。

何より、そんな大規模な事故が起きずとも、優夜の家が傷だらけになるだろう。

それを防ぐためにも、ルナは監督としてレクシアの近くにいる必要があった。

何よりも、腹を空かせている女性に、劇物であるレクシアの料理を食べさせるわけにはいかない。

こうして危険な調理がスタートすると、早速ルナの隣から不穏な声が聞こえてきた。

「うーん……やっぱり刺激が足りないのよねぇ……この真っ赤な粉、全部入れちゃいましょ」

「……」

隣を見るのが恐ろしかったが、ひとまずルナは、自分の料理を作ることに専念した。

その際、忘れたかのように包丁やらフライパンやらが飛んできたが、その都度ルナが糸を射出し、壁の傷を増やさずに済んでいた。

「ルナ、ありがとう！　フライパンが飛んでいくなんて……困っちゃうわね」

「……そうだな」

もはや、ルナはレクシアに文句を言うのを諦めた。

ルナの料理が順調に進んでいく中、ひと足先にレクシアの料理が完成する。

「できたわ！」

レクシアの料理は、前回と同じように見た目こそ非常に美味しそうに見えた。

だが実際の味は、食べてみなければ分からなかった。

すると、ちょうどルナの調理も完了する。

「こっちもできたぞ。ただ、お前の料理は――」

「早速食べさせましょ！」

「あ、おい!?」

そして、ルナが止める間もなくレクシアは自身の料理を手にすると、そのまま女性の元へ向かった。

「持ってきたわよ！」

「……不安。大丈夫？」

そんなレクシアに対し、ユティが珍しく不安げな表情を浮かべていると、レクシアは堂々と胸を張った。

「大丈夫に決まってるじゃない！　私の料理を食べれば、すぐに回復するわ！」

「……否定。そっちの心配じゃない……」

女性の心配もしているが、ユティにとっての一番の心配は、レクシアの料理の出来だった。

だが、そんなユティの不安をよそに、レクシアは完成したシチューのような煮込み料理をスプーンですくうと、そっと女性に食べさせようとする。

「さあ、どうぞ！」

「……」

微かに女性の鼻が動くと、虚ろ気な女性は反射的にレクシアの料理を口にした。

そして――――。

「⁉　ガクガクガク……」

「ちょ、ちょっと、どうしたのよ⁉」

「……的中。やっぱり……」

すると、女性は口から泡を吹き出し……白目を剝いた。

ユティの不安通り、レクシアの料理の出来は最悪だった。

そんな料理を口にしたことで、女性は泡を吹いてしまったのである。

しかし、自身の料理が原因だとは微塵も思っていないレクシアは、さらに料理を食べさせようとスプーンを差し出した。

「やっぱりお腹が空いて、体調がおかしいのね！　それじゃあもっと食べなさい！」

まだ虚ろな表情を浮かべている女性だったが、体はすでに拒絶反応を起こしており、冷や汗を流しながら小刻みに震えていた。

すると、ちょうどルナもやって来る。

「おい、馬鹿、やめろ！」

「馬鹿って何よ！」

馬鹿呼ばわりされたことに怒るレクシアをスルーし、ルナは持ってきた水をすかさず女性に飲ませた。

その瞬間、女性はまだ意識が覚醒していないにもかかわらず、貪るように水を飲み干した。

そんな姿を見て、ルナは一息ついた。

「よかった……どうやら一命はとりとめたようだな……」

「どういう意味よ？」

「……お前は知らなくていい。それよりも、これを食べてみろ」

今度はルナが作ってきた料理をスプーンですくい、女性の前に差し出すと、女性は虚ろな表情のまま、スプーンに口をつけた。

その姿を見て、レクシアが驚く。

「ええ⁉　もう自分で食事ができるほど回復したの⁉　やっぱり私の料理って――」

「それは違うから安心しろ」

「何でよ！」

いつも通りのやり取りをする二人をよそに、女性は食事を進めていく。

そして……やがて目に光が宿った。

「う……ぁ……わ、私は……」

――こうして、女性はようやく意識を覚醒させたのだった。

第四章　決着

佳織に求婚するも、結婚を断られたジョシュアは、すぐさまジェームズに優夜の情報を集めるように指示を出していた。

「さて、調べてきたか？」

「はい……こちらです」

そして、すぐに集められた資料を受け取ると、目を通していく。

しかし、その資料を読み進めるたびに、ジョシュアの顔が険しくなっていった。

「何だ、これは。ふざけているのか？」

そこに書かれていたのは、確かに優夜についての情報だった。

しかも、『王星学園』に入る前……つまり、虐められていた頃の情報から、現在の情報まで、すべてだ。

「どう考えても別人じゃないか。どうして二人の情報がまとめられているんだ？」

「い、いえ、その……その二人は本当に同一人物だそうで……」

「はあ？」

何度見比べても、ジョシュアから見て、二人が同一人物とはとても思えなかった。

「馬鹿も休み休み言え。これだけの変わりよう、全身整形では片付かんぞ」

「それが、専門家に聞いたところ、こちらのユウヤという男性からは、整形した痕も見られなかったそうです」

「もっとおかしいだろ！」

これだけ変わっていて整形でないのなら、一体何が起きたというのか。

だが、信じられないのはそれだけではなかった。

「それになんだ？　この球技大会やら体育祭やらの成績は。いくら日本がアニメ大国とはいえ、こんな馬鹿げた話が現実にあってたまるか！」

そう、資料には、事細かに優夜の球技大会や体育祭での様子が記載されていたのだ。

やはりと言うか、その業績はとても人間ができることではなかった。

「卓球の球で台を貫く？　バレーのスパイクでコートが吹っ飛ぶ？　吐くならもっとましな嘘を吐け！」

「……」

そう怒られるジェームズだったが、ジェームズ自身もジョシュアの反応は仕方がないと考えていた。

しかし、ジョシュアがどれだけ騒ごうとも、この情報はすべて事実である。

ただ、その状況を目にしていないジェームズやジョシュアは、それを信じることができなかった。

ジョシュアはまとめられた資料を投げ捨てると、爪を噛む。

「クソっ……こんな訳の分からん男に、俺のカオリが惚れているだと？」

「別にジョシュア様のものでは……」

「うるさい！　だが、この情報から分かったこともある」

「それは何でしょう？」

ジェームズがそう訊くと、ジョシュアは吐き捨てるように告げた。

「そんなもの、このユウヤとやらが世紀の大嘘つきということだ！」

「で、ですが、情報は正確だと……」

「んなわけあるか！　どうやったかは知らないが、このユウヤという男は、デタラメな情報をカオリに信じ込ませているんだ！　もしかすると、催眠術のような、特殊な力を持っている可能性だってある」

「それは……」

どう考えてもジョシュアの言っていることは滅茶苦茶だったが、それと同じくらい、優夜の情報も滅茶苦茶だった。

そのため、ジェームズとしても、それを否定する言葉が中々出てこなかったのだ。

「しかし、そうと分かれば益々カオリをこの地に置いておくわけにはいかない……このままでは、このユウヤとかいう詐欺師のいいようにされてしまうだろう」

「ですが……カオリ様は、この地から離れるつもりはないようでしたが……」

「うぅむ……」

ジェームズの言葉に悩むジョシュア。

しかし次の瞬間、あることを思いついた。

「そうだ！　交換留学をさせればいい！」

「交換留学、ですか？」

「うむ。今のカオリを我が国に連れていくのは難しいだろう。それこそ、妻として迎え入れるとなると、一時的ではなく、一生我が国で生活してもらうことになるからな。だが、交換留学であれば、一時的に我が国に招待できるだろう？」

「それは……相手が受けるかどうかにもよりますが……」

「もちろん受けるさ。向こうはすでに、俺の求婚を断っている。その上でさらに俺からの交換留学の提案を断ることはしないだろう。何より、今度の提案は婚姻ではなく、れっきとした留学だ。向こうにとっても損はない」

「確かに……」

ジェームズはジョシュアの言葉に頷いた。

「しかし、よいのですか？　留学ですから、やがてこの国に帰国してしまいますが……」

「構わん。重要なのは、このユウヤという詐欺師から引き離すことと、カオリに目を覚まさせることだ。詐欺師から引き離し、カオリの目が覚めれば、俺の愛も受け入れてくれよう」

「そう上手く事が運ぶでしょうか……」

どこか心配そうな表情を浮かべるジェームズに対し、ジョシュアは勝気に笑った。

「何、心配はいらん。詐欺師さえいなければ、カオリもすぐに俺の魅力に気づくだろうよ」

「はぁ……」

――こうして、佳織の知らぬところで、新たな話が進んでいくのだった。

＊＊＊

シュウは、不思議な虹色の檻と共に、俺たちのいる地上へと降りてくる。

「イリス。君がここまでやるとは思いもしなかったよ」

「……そう。それよりも、ウサギとオーディスは？」

「安心するといい、ここにいる」

「師匠！　オーディスさん！」

シュウがそう言いながら差し出したのは、その虹色の檻だった。

その檻の中には、傷だらけのウサギ師匠とオーディスさんが、拘束された状態で収監されていた。

ただ、二人とも気を失っているようで、反応がない。

「二人を解放しなさい！」

「それはできない相談だ。君たちのせいで、すでに四人もの同志を失った。これ以上、神の資質を持つ者を失うわけにはいかない」

「だから何？　私たちに降参しろって言ってるの？」

「そうだ」

「ふざけないで！　貴方が何と言おうとも、私たちは貴方の考えを認めない」

イリスさんが毅然とした態度でそう告げると、シュウは不愉快そうに顔を歪める。

「何故だ。何故分からん？　我々が人類を管理すれば、『邪』は消え、世界は平和になる」

「そんなもの、真の平和じゃないわ！」

「真の平和とは何だ？　怒りも、悲しみも感じることなく、安寧に身を委ねることの何が悪い？」

「本当に怒りも悲しみもない世界なら、それは幸せでしょう。でも、貴方はそれを強制しているだけ。そこに人々の意思はないわ」

「意思など不要だ。そんなものを持つから世界が腐る。我々のような神が人類を正しく導くことで、世界は正しく回る」

「……」

イリスさんとシュウの問答を見て、俺はシュウの心に絶対的な意志があることを感じ取った。

それをイリスさんも感じ取ったようで、どこか悲し気に呟いた。

「……どれだけ言っても無駄なようね」

「それは私のセリフだ。我らの理念を理解できないなど、愚かでしかない。愚者はただ、我らに従うのみ」

「……違う」

「ん？」

俺はシュウの言葉に対し、自然とそう口にしていた。

「誰だ、君は……神である私の理念の、何が違うと言うんだ？」

俺の体に、さらなる圧力がかかる。

しかし、俺はその圧力に耐えながら、静かにシュウを見据えた。

「確かに、怒りも悲しみもない世界は素晴らしいのかもしれない。でも、色々な感情の中で、足掻(あが)いて、生きていくからこそ人間なんじゃないのか？」

この世界に来る前の俺は、ただただ地獄のような毎日を送っていた。

先のない未来に、何度も絶望した。

それでも、俺が俺として生まれた以上、人生を諦めるなんてしたくなかった。

「貴方は、自分の理想のためだけに他人の人間としての権利を奪う、略奪者だ」

人間として生きたかったゼノヴィスさん。

シュウの語る理念は、そんな人間としての尊厳を奪う行為だと、俺は思う。

俺が真っすぐ目を見てそう告げると、シュウは不愉快そうに顔を歪めた。

「この私が、略奪者だと？　絶望も、世界の醜さも知らぬくせに……」

そして、シュウの体から膨大な『神力』が溢れ出ると、トーンたちが召喚したものとは比にならないほど大量の神兵が召喚された。

「そこまで言うのなら、私を倒し、証明してみせろ。そして、絶望するがいい。神の前に立ちふさがることが、どういうことなのかを——————！」

「来るわッ！」

イリスさんがそう口にした瞬間、神兵が雪崩のように押し寄せてきた。

「『妖人形』！」

「フシャアアア！」

すぐさま冥子（メイコ）が妖力の兵士を呼び出し、ステラが対応するも、その膨大な数の神兵に飲み込まれる。

「クッ！　ユウヤ君！　私が道を切り開くから、貴方はシュウを……！」

「分かりました！」

――――こうして、イリスさんたちが神兵の相手をすることになり、俺はシュウとの決戦を迎えるのだった。

＊＊＊

シュウと優夜（ゆうや）たちが激突している頃。

化物から膨大な力を吸収したナイトたちは、その化物の記憶も同時に吸収していた。

「わ、わふ⁉」

「ふご……」

「ぴぃ！」

流れ込んできた記憶はどんどん遡っていき……なんと、化物がまだ『人間』だった頃の記憶に辿り着いた。

『こ、ここは一体……』

ナイトたちと同じように、この謎の世界に困惑する男。

この男こそ、ナイトたちが倒した化物の正体だった。

男の姿は、どう見ても化物ではなく、ナイトたちがよく知る人間の姿に他ならなかった。

ただし、ナイトたちと異なるのは、この男の世界がすでに滅んでいることだった。

『星の核が暴走し、世界は滅んだはず……それなら、ここは死後の世界なのか？』

男は死後の世界だと疑うも、すぐに現れた化物を見て、考えを改めることになる。

『キシャアアア！』

『な、何だ、この怪物は⁉』

突如現れたのは、男とそう背丈の変わらない異形の存在。

人型でありながら、その顔は獣のようで、鋭い牙や爪を持っていた。

その化物は、容赦なく襲いかかると、そのまま男の肩に食らいつく。

『があああ！　は、放せぇ！』

男はすぐさま手に魔力を集め、それを化物にぶつけることで、何とか引きはがすことに成功した。

そしてすぐに化物を殺すべく、再び手に魔力を集め、化物が動かなくなるまで殴り続けた。

『ああああああ！』

『ギャアアアアアアアアア！』

断末魔を上げる化物だったが、やがて力尽きると、そのまま砂のように消えていく。

するとその化物の体から、不思議な欠片が現れる。

『はぁ……はぁ……な、なんだ……？』

その状況に警戒する中、欠片は緑色の光に変わると、反応する間もなく男の体に吸収された。

そして――――。

『な、何が……ぐあああああああ！』

男の脳に、様々な情報が流れ込んできた。

この謎の世界のこと、そしてこの世界を彷徨う化物のことなど、男にとって必要な情報がどんどん流れてきたのだ。

それだけでなく、全身が作り変えられるような、そんな痛みが男を襲う。

やがてその痛みが収まると、男の腕は人間とは思えない、異形へと変化していた。

そんな腕を見て、男は乾いた声を上げる。

『は、ハハハ……こ、これが、【廃棄獣】ってヤツなのか……』

男の得た知識によると、この場所は切り捨てられた世界線……もしかするとあったであろう、様々な可能性の残骸が転がっている世界だった。

そしてそんな世界を彷徨う化物こそが【廃棄獣】であり、男もまた、この【廃棄獣】に変貌してしまったのだ。

そんな【廃棄獣】がこの世界を彷徨う目的は、ただ一つ。

他の【廃棄獣】を倒し、【世界の欠片】を集めることで、その身を世界へと昇華させる……【身転世界】を得るためだった。

先のない、棄てられた世界からやって来た存在だからこそ、改めて自身を世界へと転じることで、再び未来を見ることができる。

そうして【身転世界】を得た者は、一つの世界として確立され、この世界線が廃棄された世界から脱出することができるというのだ。

故に、この地を彷徨う【廃棄獣】たちは、この世界から脱出するために、同じ【廃棄獣】を狩り続け、【世界の欠片】を集めていた。

こうして、この世界のルールを悟った男は、そこから脱出するためにひたすら【廃棄獣】を狩り続ける。

だが、男が【廃棄獣】を狩れば狩るほど、人間としての理性や、形を失っていった。

そして最後には、何故自分が【廃棄獣】を狩っているのかも思い出せず、もはやこの世界を脱出することすら頭に残っていなかった。

しかし、ナイトたちは元々強大な力を有していたため、男とは異なり、【廃棄獣】を狩り続けても理性を失わずに済んでいたのだ。

そんな時、男はナイトたちと出会い、戦った結果——敗北した。

そして、長年蓄え続けてきた力と、知識と記憶が、そのままナイトたちに流れ込んでいったのだ。

「わふ……」

「ふご」

「ぴぃ……」

男の記憶を追体験したナイトたちは、この世界のことを知ると同時に、男の結末に悲しげな表情を浮かべた。

だが、男はナイトたちに倒されたことで、地獄の連鎖から解放されたのだ。

そして、ナイトは何故自分が巨大化できたのかも理解した。

ナイトは【世界の欠片】を吸収して世界を構築していく際に、【夜】の世界を無意識に構築していたのだ。

これにより、ナイトは時間や場所にかかわらず、【夜神狼の神威】を使えるようになっていた。

こうして、男のすべての記憶を追体験すると、同時に【世界の欠片】の吸収も終わった。

その時、ナイトたちの体から、緑色の光が溢れ出した。

「わふ⁉」

「ふご！」

「ぴぴ！」

突然のことに驚くナイトたちだったが、すぐに何が起きているのかを悟る。

それは――――【身転世界】の獲得だった。

ナイトたちの体から溢（あふ）れ出た緑色の光は、そのまま一か所に集まると、やがて一つの渦を生み出した。

それを見て、ナイトたちは確信する。

この渦を抜ければ、元の世界に帰れると……。

「わん！」

「ぶひっ」

「ぴぃ！」

ナイトたちは顔を見合わせると、勢いよく渦へと飛び込む。

――――こうしてナイトたちは、ついに謎の世界から脱出することに成功するのだった。

＊＊＊

「ハアアアアアアアアアッ！」

イリスさんが『神威』を纏わせた斬撃を放つと、群がる神兵は一瞬にして消滅する。

しかし、すぐに新たな神兵が生み出され、そのまま押し寄せてきた。

「無駄だ。ウィップスやトーンには対処できただろうが、お前たちが相手にしているのは真の神である。無限の力の前に、飲み込まれるがいい」

「――――【天鞭】！」

「ん？」

俺は『アイテムボックス』から【天鞭】を取り出すと、それを大きく振るった。

すると【天鞭】のテールはどんどん枝分かれしていき、迫り来る神兵たちに巻き付く。

そして、そのまますべての神兵の体を圧し折った。

「その武器は……【概念武装】か？」

「――――【全剣(ぜんけん)】！」

【天鞭】で一瞬すべての神兵を倒したとしても、その次の瞬間にはまた新たな神兵が召喚された。

しかし、その数瞬の隙を逃さず、俺はシュウとの距離を詰めると、そのまま【全剣】で斬りかかる。

当然、『神威』や『存在力』で強化した状態だ。

だが……。

「フン」

「なっ⁉」

なんと、シュウは手にした刀で【全剣】を真正面から受け止めたのだ。

そんな……【全剣】で斬れないだと⁉

目の前の状態が信じられずに目を見開いていると、シュウは静かに続ける。

「その武器、確かにすべてを斬り裂くという概念を持っているようだが……神の前では、その概念を打ち消すなど容易(たやす)いことだ」

「くっ！」

「逃さん」

俺が一度距離を取ろうとした瞬間、シュウは目にも止まらぬ速度で接近し、そのまま刀を振るった。

俺は咄嗟に『魔装』、『妖魔装』、『聖邪開闢』、『霊力』といった、すべての力を解放し、シュウの刀を受け止めた。

「ぐっ……！」

「ほう？　貴様……『神威』を扱えるだけでなく、妙な力も使えるようだな。どうりで『神力』の干渉が効かないわけだ」

「ハアアアッ！」

「フン」

何とかシュウを押し戻し、そのまま斬りかかるも、シュウは瞬間移動を行い、俺の背後を取った。

「フッ」

「くっ⁉」

俺は咄嗟に【全剣】を構えてシュウの追撃を防ぐが、大きく吹き飛ばされる。

「理解できんな。それほどの力を持っていながら、何故我らの理念に共感できんのか……」

「貴方の理念は、強い人のエゴでしかない。弱い人にだって、何かを感じ取り、考える権利があるんだ……！」

俺が再び斬りかかると、シュウは瞬間移動を行い、またもや俺の背後を取った。

「弱者の権利？　そんなもの、あってなんになる！」

俺が何とかシュウの攻撃を受け止めると、シュウは真っすぐにこちらを見つめた。

「この腐った世界では、弱者は何もすることができない。だからこそ、正しい強者が弱者を導き、守らねばならん！」

「くっ！」

「だが今の世には、腐った権力者が多すぎる。それを粛清し、我らのような正しき強者が、真の意味で弱者の理想となる世界を創ることの、何が間違いだと言うのだ……！」

「がはっ！」

「ご主人様！」

シュウは俺の腹に鋭い蹴りを叩き込んできた。

たまらず吹き飛ぶものの、俺は何とか体勢を整えて踏ん張る。

「はぁ……はぁ……」

「どうした？　何か間違ってることでもあるか？」

自身の絶対性を疑わず、そう言いきるシュウ。

だが……。

「どうして……どうして自分が正しいって言いきれるんだ？」

「何？」

「悲しみや怒りのない世界は、凄く魅力的だと思う。でも、それは考えることを止めて手に入れるものじゃない」

「……」

「貴方がやろうとしていることは、人から考えるという権利を奪い、ただ一方的に押し付けるだけだ。俺はそれが、正しいとは思えない」

たとえ辛いとしても、俺の感情は俺の物だ。

それを一方的に取り上げられるのも、ましてや不要と断言されるのも……とても認められることじゃない。

怒りや悲しみの感情を奪われ、ただ喜ぶだけの存在になることは果たして幸せなんだろうか。

真っすぐシュウを見つめ、俺がそう告げると、シュウはため息を吐く。

「はぁ……どこまで言っても、私の考えが理解できないようだな」

「ああ」

「……ならばいいだろう。私はお前たちを倒し、自身の正しさを証明するまでだ」

「俺は貴方を止め、間違いだと気づかせる……！」

俺が再び【全剣】を握り直すと、シュウは『神力』を使い、再び目の前から消えた。

「フッ！」

「はあっ！」

「!?」

そしてシュウは俺の死角に移動すると、そのまま鋭い一撃を放った。

しかし、俺はそれを予知し、防いでみせる。

するとシュウは瞬間移動を繰り返し、あらゆる死角から何度も攻撃を仕掛けてきた。

「『死刀遊戯』」

「！」

全方向から襲いかかる斬撃。

しかし、俺は『妖眼』に『神威』を乗せることで、シュウの攻撃すべてを見切り、躱し、防いでいった。

だが、怒涛の連続攻撃を見切ることは非常に脳への負担が大きく、激しい頭痛が襲う。

それでも、俺はその痛みに負けることなく、じっとシュウの動きを観察し続けた。

「無駄な足掻きを……『一刀覇』」

俺に攻撃が届かないと悟ったシュウは、一瞬距離を取ると、横薙ぎに刀を振るう。

その瞬間、巨大な一文字の斬撃が、俺に襲いかかった。

「はあっ！」

俺はその斬撃を、振り下ろしの一撃で受け止める。

しかし……。

「なっ⁉　ぐあっ！」

俺がその斬撃を受け止めた瞬間、斬撃が弾け、衝撃波となって俺に襲いかかったのだ。

「まだだ――――『神刀一閃』」

「！」

さらに、吹き飛ぶ俺を追撃するシュウは、まるで居合抜きの如く、神速の一太刀を浴びせてくる。

ギリギリその太刀筋が見えた俺は、咄嗟に【全剣】を構えることで、何とか防ぐことに成功した。

その後も怒涛の攻撃を続けるシュウ。

つ、強い……。

確かに、シュウには『神力』という強大な力がある。

この『神力』を身に付けているだけで、すべての力を解放した俺と張り合うのだ。

しかも、『神力』自体に特殊な効果があり、『神威』の上位互換だと言うのであれば、『神力』こそ何でもできる力と言えるだろう。

幸い、俺には『神威』があるため、『神力』による直接的な干渉は防げているらしい。

だが、そんなこととは関係なく、シュウは強かった。

一つ一つの技の質が、圧倒的なのだ。

「いい加減、諦めたらどうだ？　お前では、私に勝つことはできん」

確かに、シュウは身に付けた技を磨き抜いているのだろう。

でも俺は、それ以上の存在を……賢者さんという存在を目にしているのだ。

俺の目が死んでいないことに気づいたシュウは、呆れた様子でため息を吐いた。

「……どうやら本当に死にたいみたいだな。ならば、望み通り殺してやろう！」

「！」

なんと、シュウは『神力』を使って己の分身を何人も生み出すと、一斉に斬りかかって来たのだ！

「『神刀万世』」


まるで刀の世界とでも言える、斬撃の空間が俺を包み込む。

逃げられる場所はどこにもなく、一分の隙も無く俺を覆い尽くした。

そんな無限ともいえる斬撃を前に、『妖眼』を発動させ、極限まで集中していた俺は、一筋の光を見つける。

その光が何なのか、俺には分からない。

だが、その光を見つけた瞬間、俺の体は自然と動いていた。


「――――！」


【無為の一撃】。

俺は、見つけた光に沿うようにそれを放ったのだ。

その瞬間、俺を覆い尽くしていた刃の空間が弾け飛ぶ。

「なっ⁉」

「ハアアアアアアアッ！」

「がっ！」

驚くシュウの隙を逃さず、俺はその身体を斬りつけた。

シュウは咄嗟に身を引くが、左肩から右わき腹に向けて、バッサリと斬り裂かれる。

「ぐぅ……!?　あの空間を……斬った、だと……!?」

「はぁはぁ」

シュウは自身の傷口に手を当て、顔を顰める。

「……傷も治らんか。これが、トーンたちがやられた力だな」

『神威』や『存在力』の籠った攻撃は、シュウに確実なダメージを与える。

しかし、シュウは大きなダメージを受けたにもかかわらず、怯むことなく俺を見据えた。

「だが……この程度では、俺は倒せんぞ……！」

そしてそう叫ぶと、再び俺に斬りかかって来るのだった。

＊＊＊

優夜とシュウが死闘を繰り広げる中、イリスたちは襲い来る神兵を相手にしていた。

「ハアアアッ！」

『神威』を巨大な刃に変え、一刀の下に斬り捨てるイリス。

その近くでは、冥子が妖力の鎖を生み出していた。

「『妖鎖』！」

『神威』を持たない冥子だが、それでも神兵が相手であれば、倒すことができた。

しかし、シュウはウィップスやトーンに比べて圧倒的な『神力』を誇り、その『神力』によって生み出されたシュウの神兵もまた、通常よりも多くの『神力』を内包していた。

そのため、冥子の攻撃はやや効き難くなっていた。

しかし、そのことにいち早く気づいた冥子は、こうして妖力の鎖で動きを止めることで、イリスたちの援護に回っていたのだ。

「ステラ様！」

「にゃ〜」

冥子によって神兵がまとめて拘束されると、ステラは神兵たちの間をスルリと通り抜けるように攻撃していく。

当然、その存在そのものが巨大な『存在力』であるステラの一撃に、神兵が耐えることは不可能だった。

こうして次々と攻撃を加えていくイリスたちだが、神兵の数は一向に減る気配がない。

「チッ……本当に無限に湧き出てくるわね……！」

『神威』は魔力とは異なるものの、無限に扱える力ではない。

何より、その『神威』を扱っているイリスたち自身の体力にも限界があった。

それに対してシュウによって生み出される神兵たちは、破壊されたそばから新たに生み出されていく。

その上、無機物である神兵には体力などの限界がないため、文字通り無限に戦うことができた。

この状況を打破するためには、シュウの討伐が必須であるものの、強力な『神力』を持つシュウとの戦いは、一筋縄ではいかない。

「ユウヤ君、大丈夫かしら……」

ついユウヤに意識を向けそうになるイリスだったが、よそ見をしている暇はなかった。

少しでも隙を見せれば、神兵たちが容赦なく襲ってくるのだ。

故に、イリスたちはただ神兵を倒し続けるしかなかった。

こうして無限に続く戦闘が繰り広げられる中、ステラだけは、イリスたちと違う物を見ていた。

「にゃ～」

いた。

神兵たちを倒しながら、目を細めるステラ。

そんなステラの目には、イリスたちには見えない、糸のようなものが薄っすらと見えていたのだ。

しかもその糸を辿っていくと、それがシュウの体から伸びていることに気づく。

「ニャッ！」

すぐさまステラは、その糸を『存在力』で断ち切った。

しかし、倒された神兵は、ステラの目に映る糸と同じような、普通の目では見えない光の粒子に変わると、シュウの体へと戻っていったのだ。

そして、その光がシュウの体に入ると、倒したはずの神兵が、再び出現した。

つまり、ステラの目に見えている糸こそ、『神力』に他ならなかった。

「にゃにゃ！」

何とかしてこの『神力』がシュウの元に回収されるのを阻止しようと考え、『神力』の糸に向けて攻撃を仕掛けるが、ただ霧散するばかりで結局シュウの元に戻り、回収され、また神兵が生み出された。

「フゥゥゥ……」

そのことに苛立ちを覚えたステラは、抑えていた『存在力』を解放していく。

その瞬間、世界が揺れ始め、空間が軋む音が発生した。

「な、何⁉」

「す、ステラ様？」

突然の事態に困惑するイリスたち。

次の瞬間、ステラが吠えた。

「フシャアアアアア！」

その咆哮は凄まじく、周囲に密集していた神兵を、すべて消し飛ばした。

「う、嘘……ステラちゃんって一体……」

あまりの強大な力に、イリスはステラの正体が気になった。

さらに、たった一撃ですべての神兵が破壊されたことをシュウも察知し、眼を見開く。

「馬鹿な……何が起きた……⁉」

とはいえ、やはり破壊したところで神兵の再召喚は止められず、再び大量の神兵たちが生み出されていった。

「にゃ～……」

『――勘弁してください』

「にゃ？」

その光景を見て、ステラが不満そうな声を上げていると、不意にステラの脳に声が流れてくる。

その声は、まさに今、優夜たちが過ごしている異世界……アルジェーナによるものだった。

ステラも、『世界の間』で一度その声を耳にしていたことから、声の主が誰なのかすぐに理解した。

すると、アルジェーナは疲れた様子で続ける。

『……貴方が本気で暴れれば、私が持ちません』

「にゃ～……」

『でも、じゃありません。本来アナタは、私が受け止められるような存在ではないのです。しかし、アナタが力を抑え、ユウヤという器に収まり、さらに私が必死に受け止めているからこそ、こうしてこの世界で過ごせているのですよ？』

「にゃふ」

まるでステラと会話ができているように、アルジェーナは続けた。

『……確かに、今この世界で、【神】を名乗る存在が現れ、アナタやユウヤが戦っているのは理解しています。元は私が【聖】の称号を授けた者ですが、【神力】とやらのせいで、【聖】の力を取り上げることもできません。一度、対話も求めましたが、聞く耳を持ちませんでした。なので、今の私はアナタ方にとって、役立たずと言えるでしょう。しかし、ここでアナタが本気を出してしまえば、【神】がどうこうという以前に、私という器が壊れてしまいます』

「にゃ……」

それはステラ自身も理解していたためか、アルジェーナの言葉に、どこかしょんぼりとして肩を落とした。

何より、アルジェーナの中で起きている出来事とはいえ、もはやアルジェーナにできることは何もなかった。

それほどまでに、シュウたちの手に入れた『神力』は強力だったのだ。

故に、今まで静観していたものの、流石にステラの行動は止めねばならなかったため、こうして声をかけてきたのである。

すると、ステラはすぐに気を取り直し、続ける。

「にゃ、にゃにゃあ?」

『……無限に出現する神兵の対処ですか？　それこそ、アナタの得意分野でしょう』

「にゃ？」

予想外の言葉にステラが首を捻ると、アルジェーナは答えた。

『簡単な話です。アナタの【存在力】で、神兵の【神力】を飲み込めばいいんですよ』

「にゃにゃ！」

その手があったか！　と言わんばかりに目を丸くするステラ。

そんなステラに対し、アルジェーナは続けた。

『私だけでなく、そこにいる【剣聖】やメイコには不可能ですが、アナタならば可能でしょう』

「にゃ！」

自信満々に頷くステラに、アルジェーナは苦笑いを浮かべる。

『何にせよ、アナタは程々でお願いしますね――――』

こうしてアルジェーナの声は、静かに消えていった。

すると、ステラが動かなくなったことに気づいていたイリスが、声をかける。

「ちょっと、ステラちゃん？　大丈夫なの？」

「にゃ」

ステラはイリスに手を上げて応えると、再び神兵へと襲いかかった。

「フシャアアアア！」

再び縦横無尽に駆け回り、神兵を破壊していくステラ。

しかし、先ほどとは違う点が一つあった。

「にゃふ」

なんとステラは、倒した神兵が『神力』の状態に戻ると、その『神力』を食べてしまったのだ。

すると、今まで防ぐことができなかった『神力』の回収は不可能になる。

さらに、『神力』を食べていくステラの体が、少しずつ輝き出した。

「にゃにゃにゃ〜」

——こうしてステラは、次々と神兵を倒していき、そこから『神力』を奪っていくのだった。

＊＊＊

イリスさんたちが神兵を抑えてくれている中、俺とシュウの戦いは最終局面を迎えていた。

互いの信念をかけ、全力でぶつかり合う。

シュウの『神力』による影響で、賢者さんの武器の効果は何一つ発揮できていない。

故に、それぞれの技量のみによって、ただただ斬り合っていた。


「はああああああああああ！」

「うおおおおおおおおお！」


どちらも退かぬ中、俺はどんどん意識を集中させていく。

――右からの斬り払い、突き、袈裟斬り……。

もはや周囲の状況は頭になく、ただ俺に向かってくる刀を、冷静に見つめ続けた。

そして、その攻撃を見つめながら、俺は自分自身にその技術を落とし込んでいく。

――ここはこう斬る。そこで足を半歩下げる。踵はつけず、加速して――。

シュウの攻撃を受けながら、技術を吸収し、それをぶつけていると、不意にシュウの攻撃が揺らぐのを感じた。

「何なんだ……何なのだ、お前は……！」

「！」

そこで改めて俺が意識の海から浮上すると、シュウが俺を怪物でも見るような目で見ていることに気づく。

「何故ッ！」

――袈裟斬り。受ける。

「俺の攻撃をッ！」

――突き。躱して俺も突く。

「こんな短時間でッ！」

怒涛の連続攻撃に対し、俺はただただ真っすぐシュウの刀を見つめる。

俺は無意識のうちに、すべての力を目と脳に掻き集めていた。

そのため、あらゆる身体強化の恩恵は消え、すでに何の強化も施されていない、生身でシュウと斬り結んでいたのだ。

普通であれば、圧倒的な力の差に、そのまま押し負けて、倒されるだろう。

しかし、極限の集中の――さらにその先を見通したことで、シュウとの戦いを技量のみで制していた。

「認めん……！　この俺が、競り負けるなど……！」

「――」

シュウは全身から『神力』を噴出し、さらに出力を引き上げた。

だが、今の俺には関係ない。

シュウの攻撃を受け、吸収し、返すだけだ。

「ハアアアアアアアアアアッ！」

シュウは全身全霊をかけて、俺に斬りかかった。

そんな強烈な一撃を前にしてもなお、俺は冷静にそれを見つめ、返そうとした。

――――その瞬間だった。

「なっ⁉」

「！」

突然、シュウの体からガクンと力が抜け落ちた。

その隙を逃さず、俺はシュウの体を斬り裂く。

「ッ！」

「ぐあああっ！」

シュウは堪らず距離を取ると、眼を見開いた。

「ば、馬鹿な……何故『神力』が……⁉」

なんと、あれ程シュウの体から漲っていた『神力』が、いつの間にか消えていたのだ。

「にゃ～」

「なっ⁉」

「……ステラ？」

そのことに驚いていると、不意にステラの気の抜けた声が聞こえてきた。

今まで集中していた状態が解除され、ステラに視線を向けると――――。

「は？」

なんと、ステラの体から、虹色の光がこれでもかと言わんばかりに溢れ出ていたのだ。

その虹色の光は、どう見ても『神力』なのだが……。

「な、何⁉　何故、猫が『神力』を⁉」

神々しくなったステラに、シュウは目を剝いた。

そこで俺はいつの間にか神兵たちが消えていたことに気づく。

するとイリスさんと冥子が、困惑した表情でこちらにやって来た。

「イリスさん、一体何が……」

「私にも分からないのよ……」

「恐らくステラ様が何かしたのだと思いますが……」

それはそうだろう。

でなければ、ステラの体があんなに神々しい感じになるはずがない。

それに合わせて、シュウの体から『神力』が消えたことも、ステラが原因なのだろう。

「それよりも、ウサギとオーディスは救出できたわ」

シュウの『神力』が消えたことで、ウサギ師匠たちを拘束していた檻も消え、イリスさんがすかさず抱えてきた。

まさに形勢逆転といった状況の中、イリスさんが静かに告げる。

「シュウ、諦めなさい。貴方の負けよ」

「……っ！」

イリスさんの言葉を聞いてもなお、シュウはまだ諦めていないようで、刀を握り直すと、こちらに突っ込んでくる。

「まだだ……まだ負けていないぞおおおおおおおお！」

「シュウッ！」

「イリスさん、ここは俺が……」

なおも俺たちに攻撃を仕掛けるシュウに、イリスさんが対応しようとするが、俺はそれを制し、前に出た。

それを見て、シュウはさらに吠える。

「貴様さえ……貴様さえいなければ……！」

「……」

――集中しろ。

俺は再び意識の海に潜ると、迫り来るシュウを冷静に見つめた。

その勢いは、『神力』を使っていた時に比べれば、まったくない。

しかし、気勢は『神力』を使っていた時以上であり、侮ることはできなかった。

故に、俺はただ目の前のシュウに全神経を集中させると、剣を振り上げる。

そして――。

「――『無為の一撃』」

俺はシュウの刀を斬り捨てた。

シュウは自身の刀が折れたことを認識すると、その場に膝をつく。

「俺は……負けたのか……」

「……ええ。アナタの負けよ」

呆然と自身の手を見つめるシュウに対し、イリスさんはそう告げた。

するとと、シュウは自嘲したように笑う。

「ククク……これが復讐に取りつかれた者の末路か。復讐のために力を求めた結果、刀技を疎かにし、負けたのだ。笑うがいい」

「……」

シュウはそう言うものの、誰も笑おうとしない。

そんな俺たちの様子を見て、シュウは鼻で笑う。

「……フン、まあいい。お前たちの行動により、もはやこの世界から負の感情を取り除くことは叶わなくなった。どうだ？　満足か？　これからはお前たちの望む、苦難に満ちた未来が待っているだろう」

「そうはさせないわ。そのために、私たち『聖』がいるんだから」

シュウを真っすぐ見つめるイリスさん。

そんな視線をシュウは受け止めると、静かに目を閉じる。

「──殺せ。俺の負けだ」

自身の運命を受け入れるように、その場に座るシュウ。

だが……。

「殺しません」

「……何？」

俺の言葉を聞いて、シュウは不愉快そうに眼を開いた。

「何だ？　敗者への情けか？」

「勘違いしないでください。貴方も俺も、自分の考えが正しいと信じてぶつかった。だからこそ、貴方に情けなんてない」

「ならば――――」

「――――ですが、貴方の考えも分かるんです」

「！」

「ユウヤ君？」

怪訝な表情を浮かべるイリスさんに、俺は苦笑いを浮かべた。

「貴方が語るように、苦しみのない世界になれば、皆が幸せでしょう。でも、それは誰かに与えられるものじゃなくて、皆で探し求めるからこそ意味があると思うんです」

「……」

「貴方はやり方を間違えたけど、貴方の考えは理解できる。だからこそ、今度は人の意思を奪うのではなく、正しい方法で……世界を変えてください」

「──それが無駄だとしてもか？」

鋭い視線を向けるシュウに対し、俺はその視線を受け止め、頷いた。

「はい」

シュウと俺は、しばらく視線を交わしていたが、やがてシュウは静かに目を閉じる。

「──これも敗者の務めか」

「え？」

その瞬間、突然俺たちの間を風が吹き抜けた。

その風は周囲の砂埃を舞い上げながら、天高く昇っていく。

そして風が通り過ぎると、すでにシュウの姿は消えていた。

俺はそのことに一瞬驚くも、恐る恐るイリスさんの方に顔を向けた。

「そ、その……勝手に決めてしまい、すみません」

「……そうね。シュウのしたことを考えれば、とても許せるものじゃないわ」

「うっ……」

俺は俺の思うままに行動してしまったが、それは傲慢なことだった。

事実、シュウは取り返しのつかないことをしている。

背景がどうであれ、多くの人間を殺したのだ。

俺は自分がしたことの愚かさを自覚し、肩を落とすが、イリスさんは苦笑いを浮かべる。

「まあでも、ユウヤ君の気持ちも分かるわ」

「え?」

「アイツは過激だった。だけど、民を思っていた気持ちは本物よ。だからこそ、これを機に、シュウが正しい方向に力を使ってくれるといいんだけどね」

「……」

「それに、元々は私たちの問題なのに、ユウヤ君を巻き込んだのは私だもの。文句を言う資格はないわ。私たちも、もっと強くならないとね」

「……俺も、強くなります」

今回の戦いで強く実感した。

力を求めすぎることはよくないが、力がなければ、意志を貫くことはできない。

運よく、今回はシュウに勝てたが、より強い相手で、もしまた同じような思想の持ち主が現れたら、今度こそ世界は管理されてしまうことになるだろう。

そんなことを考えていると、イリスさんが呆れた表情を浮かべる。

「ユウヤ君は知らない間に強くなりすぎだけどね」

「え、ええ？」

「何よ、さっきの一撃。私も苦労して出せるようになったのに……」

「あ、あはは……」

イリスさんの言葉に、俺は乾いた笑みを浮かべることしかできなかった。

「何はともあれ、帰りましょうか」

「はい！」

激戦を終え、俺たちは家に帰るのだった。

第五章　波乱の予感

――――優夜が激戦を制した頃。

『王星学園』にて、ジョシュアが理事長の下に向かっていた。

そして理事長室に辿り着くと、扉をノックする。

「どうぞ」

「失礼する！」

「なっ⁉　じょ、ジョシュア様⁉」

まさか、ジョシュアがやって来るとは思ってもいなかった理事長の司は、眼を見開いた。

「い、一体、どのようなご用件で？　まさか、結婚の件ですか？」

「それもあるな。しかし、カオリに断られてしまってね……」

ジョシュアがそう言うと、司は様子を窺いながら答える。

「え、ええ。佳織自身の気持ちもありますが、親である私が考えても、佳織に結婚はまだ早いかと……」

「フン……まあいい。そのことはひとまず納得したからな」

「で、では、他に何か……？」

司がそう訊くと、ジョシュアは頰を吊り上げる。

「――――カオリを交換留学させてはどうかと思ってね」

「！」

予想外の提案に、司は驚いた。

すると、そんな司に畳みかけるようにジョシュアが続ける。

「知っての通り、我が国にも優秀な学校が存在している。そこに、ぜひともカオリを迎え入れたいと思ってね。どうだ？　カオリにとっても悪い提案ではないだろう？」

「それは……」

「我が国にはカオリの妹や、母君もいるじゃないか。その点も安心だと思うが？　もちろん、費用面の心配はいらない。こちらですべて手配するのでね」

「……」

ジョシュアの提案に対し、司は拒否する言葉が見つからなかった。

事実、留学は佳織にとってもいい経験になる上に、その留学先は世界有数の名門校。

本来であれば、留学したいからと言って、簡単に留学できる学校ではない。

そして、そんな学校に、ジョシュアが招待してくれているのだ。

普通に考えれば諸手を挙げて歓迎する状況だったが、ジョシュアが佳織に求婚している以上、その裏の思惑も司は感じ取っていた。

とはいえ、簡単に断ることはできない。

ジョシュアはただ留学を提案しているだけであり、学校という特性上、より高度な教育を受けられる環境があるのなら、そことのパイプは繋げておくべきだからだ。

すると、ジョシュアは顔を歪める。

「何より……一刻も早く、カオリの目を覚まさせる必要がある」

「は？　な、何のことでしょうか？」

訳が分からず、司がそう訊くと、ジョシュアはキッと目を吊り上げた。

「ユウヤとかいう、詐欺師のことだ！」

「ゆ、優夜君ですか？　それに詐欺師とは……」

ますます混乱する司に対し、ジョシュアは呆れた様子で続けた。

「ツカサも騙されているのか⁉　あんな訳の分からない存在、詐欺師以外の何者でもないだろう！」

「いいえ、そんなことは……彼はとてもいい子ですよ」

「何⁉」

司からすれば、優夜は少し気が弱いところがあるものの、真面目で誠実な子だった。

しかし、ジョシュアにとってはそうではない。

「これは予想以上に深刻だぞ……急いでカオリの目を覚まさねば……！」

本気で優夜がいい子だと信じている司を見て、ジョシュアは余計に佳織をこの学園から連れ出さねばまずいと強く思った。

「何はともあれ、カオリの留学は認めてくれるな？」

「それは……」

断ろうにも、すでにジョシュアからの求婚を断っており、その上でただの留学の話を断ることはできなかった。

とはいえ、佳織のことが心配な司は、このまま送り出そうとも思わない。

どうしたものかと頭を悩ませる司だったが、不意にあることを思いつく。

「でしたら、ジョシュア様。一つお願いがあります」

「何だ？」

「まず、カオリの留学は確定でしょうか？」

「当然だろう？　これはカオリを見込んで、俺が提案しているんだ。他の者を留学させる気はない」

「分かりました。ですが……もう一人、留学させることは可能でしょうか？」

「……何？」

「せっかくそちらの名門校に留学できる機会ですから、娘以外にも、うちの生徒をぜひ留学させていただければと思いまして……」

「ふむ……」

司の言葉を聞いて、ジョシュアは考える。

確かに司の言う通り、留学という名目である以上、佳織以外の生徒にも留学する権利は与えるべきだった。

もちろん、ジョシュアの依怙贔屓であることに間違いはないが、あからさますぎるのもよくはない。

だからこそ、司の提案はジョシュアにとっても有難いものだった。

「……いいだろう。それに関しては、ツカサに任せる」

「ありがとうございます！」

――こうして、佳織の留学が密かに決まる中、司は佳織の他に留学させる生徒のリストとして、優夜の名前を真っ先に書き出すのだった。

＊＊＊

すべての戦闘を終え、賢者さんの家へと戻ってきた俺たち。

途中、ウサギ師匠たちは目を醒ましたものの、シュウによる監禁の影響で、体力が失われていた。

そのため、一度俺の家に招待したのだが、やんわりと断られてしまった。

「今回の件でお世話になりっぱなしだったのに、これ以上お世話になるわけにはいかないわ」

「まあ私の家には薬草がいくらでもある。心配せずとも、体力は回復するだろう」

《そうだな。俺も不甲斐ないところばかりを見せた挙句、さらに世話になるのもな……》

「そ、そうですか？」

「ええ。それに、ユウヤ君にはまだやることがあるでしょ？」

「え？　やること、ですか？」

俺が何のことだか分からずに首を捻っていると、イリスさんが続ける。

「ほら、あの棺から出てきたっていう……」

「ああ！」

そうだ、まだその問題が残ってるんだった！

イリスさんに言われたことでそのことを思い出すと、イリスさんはさらに続ける。

「それに、まだナイト君たちも帰ってきてないんでしょ？」

「……そうです」

イリスさんの言う通り、ナイトたちも消えたままで、帰ってきていないのだ。

問題は解決したと思ったが、さらなる問題に頭を抱える。

すると、ウサギ師匠が怪訝そうな表情を浮かべた。

《何だ、また妙なことに巻き込まれているのか？》

「そ、そうみたいです……」

《お前はいつも忙しいな……》

「……まあ今回は我々が巻き込んだ形だからな。似たようなものだろう」

《そう言われると何も言い返せんな……》

別にシュウの問題に関しては、巻き込まれたとは思っていなかった。

むしろ、俺なんかを頼ってくれて嬉しかったくらいだ。

すると、ウサギ師匠がため息を吐きながら口を開く。

《はぁ……まあいい。お前には何度も救われているからな。もし困ったことがあれば、遠

慮せず声をかけろ》

「私も力になるよ」

「当然、私もね！」

「ありがとうございます！」

こうしてウサギ師匠たちに助力してもらえることが決まると、そのままオーディスさんたちはそれぞれの家へと帰っていった。

そして俺たちもまた、すぐに地球の家に移動する。

すると、慌てた様子でレクシアさんがやって来た。

「ユウヤ様！」

「あ、レクシアさん」

「その、私たちの世界は……」

心配そうな表情を浮かべるレクシアさんに対して、俺は安心させるように微笑(ほほえ)んだ。

「大丈夫です。すべて終わりました」

「あ……さすがユウヤ様！」

「ちょっ……レクシアさん⁉」

勢いよく抱き着いてきたレクシアさんに、俺は慌てる。

するると、ルナがやって来た。

「おい、レクシア！　何をやっている、離れろ！」

「えぇー、何でよ！」

「何でじゃない、ユウヤが困ってるだろう⁉」

「そんなことないわよ！　ねぇ、ユウヤ様？」

「いや、あの……」

困ってます！　とは言い辛かった。

だが、何とかルナのおかげでレクシアさんが引き離され、俺は一息つく。

「それにしても……またもや大活躍だったみたいだな」

「あはは……何とかね。それよりも、ナイトたちは……？」

「残念ながら、ナイトたちはまだだな」

「そうか……」

心配だが、今の俺にはどうすることもできない。

とはいえ最悪、俺もあの仮面に触れて助けにいくつもりだ。

すると、レクシアさんが思い出したかのように声を上げる。

「あ、そうよ！　ユウヤ様、あの女の子が目醒めたの！」

「え⁉」

まさかの言葉に驚く中、俺はレクシアさんたちに連れられる形で移動する。

するとそこには、異世界に行く前は気を失っていた女性が、目醒めた状態でいた。

そんな女性の状態を見ていた空夜（くうや）さんが、俺に気づく。

「む？　無事、戻ったか」

「あ、はい。その、そちらの方は……」

「まだ麿（まろ）たちも詳しくは聞いておらんが……大丈夫かのう？」

「……はい」

空夜さんがそう問いかけると、女性は静かに頷（うなず）き、俺たちに目を向ける。

「まずは、助けていただき、ありがとうございます」

「い、いえ……その、助けたって言うより、貴方が突然現れたと言いますか……」

俺たちが何かしたわけじゃないので、助けたと言われると凄（すご）い違和感があった。

「申し遅れましたが、私はサーラと言います」

女性……サーラさんがそう自己紹介をしたところで、俺たちも名乗った。

すると、サーラさんはどこか暗い表情のまま、続ける。

「私は……ムーアトラを率いていた者です」

「ムーアトラ？」

俺は聞き覚えのない言葉に首を傾げ、思わず空夜さんやオーマさんを見る。

だが、二人とも知らなかったのか、首を振った。

もしかして、アルジェーナさん以外の異世界人……だったりするんだろうか？

「す、すみません……そのムーアトラというものが分からず……」

「そう、ですか……」

俺の言葉を聞き、サーラさんは酷く悲しそうな表情を浮かべた。

「……やはり、ムーアトラは滅んだのですね」


「……」

「どうしてあの棺にいたんですか？」

レクシアさんがそう訊くと、サーラさんは悲しそうに笑った。

「あれは……私を逃がすために、ムーアトラの民と、地球が生み出したものです」

「え!?」

逃がすため、という部分も気になるが、サーラさんは確かに地球と言った。

つまり、サーラさんの語るムーアトラとは、地球に存在したものなのだろう。

そこからサーラさんは、自身の身に起きたことを話した。

その内容は、同じ地球で暮らす俺からすると、とても信じられるものではなかった。

「か、神って……この世界にもいたのか……」

「……その口ぶりですと、貴方たちは……神を見たことがないのですか？」

「そう、ですね。この世界では見たことないですが……」

たったさっきまで、異世界で神となったシュウと戦っていた俺からすると、違和感が凄いが……地球で神というものは見たことがない。

もちろん、宗教や考え方に神という概念は存在するが、それを目にした者など、まずいないだろう。

「ユウヤが知らないというのなら、その神はもういないんじゃないか？」

ルナがそう口にすると、サーラさんは首を振った。

「私以外、この星でヤツらを滅ぼせるものはいないでしょう。ですので、いなくなったのではなく、どこかに身を――」

そこまで言いかけた瞬間だった。

サーラさんが、弾かれたようにとある方向に目を向ける。

「この気配……やはり！」

「あの、一体何が――――」

『……どうやら、客が来たようだぞ』

「え？」

オーマさんが片目を開け、そう告げると、俺の家に向かってくる何かの気配を感じた。

その気配は……なんと、シュウたちが生み出した『神力』と同じものだった。

「まさか、本当に神が!?」

「……どうやら、サーラ殿の話は本当みたいじゃな。ここ周辺、すでに結界で隔離されておる」

「なっ!?」

俺はまったく気づかなかった。

いや、気づかれない距離から、この家の周辺を隔離したのだろう。

つまり、それほど巨大な『神力』を持っていることに他ならない。

「ひとまず、外に出よう！」

「殲滅(せんめつ)。敵、倒す」

「私も行くわ！」

「レクシアは大人しくしてろ！」

「ご主人様、私も行きます！」

「にゃにゃ」

「家の守護は麿に任せなさい」

『……フン。我が出るまでもなかろう』

俺、ユティ、ルナ、冥子(メイコ)、ステラ、そしてサーラさんの六人で家の外に出ると、大量の神兵が空を埋め尽くさんと言わんばかりに飛んでいた。

「やはり、神の兵か……！」

サーラさんは忌々(いまいま)し気に神兵を睨(にら)む。

「くっ！　なんだアレは！　数が多すぎるだろう⁉」

「不明。敵戦力が分からない」

空を埋め尽くす神兵を前に、皆が驚く中、ルナが冷静に口を開く。

「ユウヤ、あれが……」

「アレは神兵。その名の通り、神の兵だよ」

「やはりな……ということは、アレと戦ってきたわけだな？」

「うん、そうなるね」

「……つくづくお前は大変なことに巻き込まれているな」

それは俺も思う。

とはいえ、こんな風に神兵が襲ってきた以上、放っておくわけにはいかない。

ただ……。

「アイツらを召喚しているヤツが、近くにいるかどうか……」

「ご主人様。ですが、特に近くから召喚者らしき者の気配はありません。もしかすると、もっと遠方から召喚している可能性も……」

「にゃ」

冥子の言う通り、近くにいない状態で神兵を召喚できるんだとしたら、非常に厄介だ。

それこそ無限に等しい召喚を延々とされることになる。

それを止めるためにも、召喚者とされる地球の神とやらを倒さなければいけないだろう。

そんなことを考えていると、サーラさんが突然、飛び出した。

「貴様らは……許さん！」

「サーラさん⁉」

すると、サーラさんの体から、青いオーラが噴き出した。

見たこともない青いオーラを纏(まと)うサーラさんは、そのまま神兵に突撃すると、無造作に腕を振るう。

その瞬間、周囲にいた神兵が一気に消し飛んだ。

「な、何だアレは⁉」

デタラメな力に驚く俺たちだったが、今の一撃で脅威と判断したのか、神兵は一斉にサーラさんを狙って群がった。

「まずい、サーラさんを助けるぞ！」

「ああ！」

俺は真っ先にサーラさんの近くに群がる神兵を【全剣(ぜんけん)】で斬り払う。

「では、私は援護に回ります」

「にゃ！」

「フッ！」

「掃射。殲滅開始」

それに続く形で、他の皆も、それぞれ神兵を倒していった。

「中々に頑丈だが、私たちでも相手できそうだな！」

「肯定。ただ、数が多い」

ユティの言う通り、尋常じゃない数の神兵が襲ってきている。

ただ、やはりこの近くに神兵を召喚している存在の気配はなかった。

本当に超遠隔での召喚なんて可能なんだろうか……？

それとも、この家周辺を覆った結界に何か関係があるのか？

そんなことを考えている間にも、サーラさんは怒りを爆発させるように神兵たちを倒していく。


「あああああああああっ！　どこだ、どこにいる……！」


その暴れっぷりは凄まじく、神兵の頭を摑んでは引きちぎり、体を捻じ曲げ、鬼神の如き圧倒的な力で神兵を殲滅していった。

「……あのサーラとかいう女、何があったんだ？」

その凄まじい剣幕に、ルナがそう呟く。

サーラさんの話しぶりだと、地球の神は昔、すべての人類を支配していたそうだ。

そして、その地球の神の支配から逃れるため、サーラさんたちが反逆を起こし、敵対関係になったらしい。

だが、その過程でサーラさんの仲間たちは次々と命を落とし、結果、ムーアトラの人々はサーラさんにすべてを託して、彼女を封印したのだ。

だからこそ、サーラさんは自身の仲間たちを奪った地球の神々に憎悪の念を燃やしているのだろう。

とはいえ、今は大丈夫でも、封印から解放されたばかりのサーラさんは本調子ではないはずだ。

いずれ神兵の数に押し切られ、飲み込まれてしまうだろう。

だからこそ、俺たちはサーラさんを助けるために、神兵を減らさなきゃいけない。

俺はウィップスやトーンたちと戦った時と同じように【天鞭】を振り回し、神兵をとにかく減らしていった。

だが、減らしても減らしても神兵は召喚され続ける。

「おい、ユウヤ！　コイツら、全然減らないぞ!?」

「ご、ご主人様！　私たちが戦った神兵と比べても、この数は明らかに異常です！」

「くっ……！」

シユウたちよりも地球の神々の方が『神力』が膨大なのか、一度に召喚される神兵の数が尋常ではなかった。

やはり、この現状を解決するには、召喚者を倒すしかないのか……!?

何とかこの状況を切り抜けようと考えていた……その時だった。

「────ォォオオオオオン！」

突如、何かの雄叫びらしきものが聞こえた。

「な、何だ⁉」

その声に驚いていると、続けてガラスに罅が入ったような音が響き渡った。

「そ、空が……！」

すると、何かに気づいたルナが、空を見上げ、絶句する。

それにつられて俺も空を見上げると、なんと空中に罅が入っていたのだ。

まさか……結界が割れるのか⁉

突然の事態に驚く中、空中に入った罅は徐々に広がり、最後には砕け散る。

その光景を呆然と眺めていると、一筋の青い閃光が、目の前を駆け抜けた。

「ピィイイイイイイイイイ！」

「⁉」

その閃光が駆け抜けるや否や、周辺を埋め尽くす勢いで存在していた神兵たちが、一斉に弾け、消滅した。

　すると、結界が割れたことで人の往来が戻り、人々は空の景色を見て唖然としていた。

「な、何だ何だ？」

「一瞬、何か変なものが空を埋め尽くしていなかったか？」

「てか、空で何かが弾けたように見えたけど……」

「こんな昼間っから花火とか？」

　誰も彼もが未知の状況に困惑する中、神兵たちと戦っていたサーラさんも呆然とする。

「い、一体何が……」

　それよりも、あれ程まで倒しても倒しても復活していた神兵たちが、復活しなくなっていた。

　次々と巻き起こる現象に俺が驚く中、ルナたちが近づいてくる。

「ユウヤ、何があったんだ？」

「さ、さあ……俺にも何が何だか……」

「――――ん！」

「え？」

　困惑する中、聞き馴染みのある声が耳に届いた。

慌ててその声の主を捜すと――――。

「……わん、わん！」

「ぴぃ！」

「ふご、ぶひ～」

「な、ナイト、シエル、アカツキ⁉」

なんと、姿を消したはずのナイトたちが、こちらに向かって駆け寄ってきたのだ。

急いでナイトたちの元に駆けつけると、三匹とも俺の胸に飛び込んでくる。

「わふ！」

「わっ……ナイト！　一体、どこに行ってたんだよ⁉」

「わふぅ……」

「ふご～」

「ぴ？」

俺がそう言うと、ナイトはどこか申し訳なさそうな顔をする。

それに対してアカツキは知らん顔で呑気に寝ており、シエルは何も分かっていないかのように首を傾げた。

何にせよ、ナイトたちが無事に帰ってきたことに俺は安心した。

「よかった……本当によかったよ」

「わふ」

ナイトがごめんなさいと言うように、俺の顔を舐める。

俺が優しくナイトたちを撫でていると、ルナの声が響いた。

「お、おい、サーラ！」

「⁉」

慌てて声の方に目を向けると、そこには力尽きたように倒れ伏すサーラさんが。

すぐにサーラさんの元に戻るが、サーラさんは気を失っていた。

俺たちは顔を見合わせると、サーラさんを抱きかかえる。

「何はともあれ、一度家に戻るか……」

俺たちは周囲を警戒しつつ、家に帰るのだった。

エピローグ

――これは、未来の話。

その周囲は焼け野原となり、建物は崩れ落ち、辺りには人間の死体と、機械の破片が転がっている。

――ガシャン、ガシャン。

戦場と化したこの地に、整然とした機械音が響き渡った。

その音を響かせているのは、まるでロボットのような機械騎士。

そんな機械騎士たちが、列をなし、進軍していたのだ。

こんなにも仰々しい進軍を続ける機械騎士たちが相手にしているものは何なのか。

それは――――。

「――――クソッ。ちっとも数が減らない……！」

一人の青年が、物陰に隠れながら迫りくる機械騎士を見て、悪態を吐いた。

そう、機械騎士と戦っていたのは——人類だったのだ。

そんな青年は、どこか近未来的な印象を受けるスーツを身に纏っている。

すると、その青年の仲間である少女が、口を開く。

「止めなさい。ここで文句を言ったところで、アイツらの数は減らないんだから」

「……分かってるよ。どちらにせよ、ここである程度処理しないと、どうせまたキツイ思いをすることになる」

そう語る青年だったが、その表情は暗い。

というのも、青年たちがたった二人なのに対し、相手の完全武装した機械騎士は百体近くもいるのだ。

どう考えても、無謀な戦いでしかない。

だが……。

「……そうね。でも、アタシたちが生き残るためにも、やらなきゃいけないのよ」

青年たちが生き残るためには、ここで機械騎士の数を減らしておく必要があった。

そんな少女の言葉に、青年はため息を吐く。

「はぁ……本当、面倒な存在を生み出してくれたよな」

「そうね。でも、欲をかいた人類への罰なのよ」

「……」

少女の言葉に、青年は黙ることしかできない。

――少女の言う通り、今人類が窮地に立たされているのは、紛れもなく自分たち、人類の自業自得だったからだ。

「だからと言って、諦めるつもりはないけどな」

「もちろん。アタシだって、まだ死にたくないもの」

「……そうだな。それじゃあ……そろそろ仕掛けるとするか！」

「ええ！」

二人は顔を見合わせて頷くと、行動を開始する。

そして、あらかじめ決めておいたポイントに辿り着くと、機械騎士が近づいた瞬間、奇襲を仕掛けた。

「食らいなさい！」

少女が両手を突き出すと、凄まじい熱量の炎が、機械騎士に襲いかかる。

すると数瞬遅れて、機械騎士が手にしている盾を突き出した。

しかし、その盾に少女の炎が衝突すると、そのまま盾を焼き尽くし、機械騎士を飲み込む。

奇襲によって、機械騎士たちの意識が少女に向いた瞬間、少女は叫んだ。

「今よッ！」

「――――うぉおおおおお！」

少女の合図を受け、青年は機械騎士たちに襲いかかった。

青年の手には、厳重に布で巻かれた剣が握られている。

その剣は、とても剣としての機能を果たせているようには見えなかった。

しかし、青年が剣を振るうと、その軌跡に合わせるように、無数の光り輝く剣が青年の背後から現れ、機械騎士たちへと降り注いだ。

その一撃で多くの機械騎士が倒れる中、少女は笑みを浮かべる。

「さすが、アンタの【剣聖の剣光】は凄いわね」

「それを言うなら、お前の【獄炎の奏者】もな」

互いの『能力』を褒め合うと、すぐに気を引き締め、残る機械騎士たちと戦っていく。

こうして、激闘を制した二人は、フラフラになりながらもアジトへと帰還する。

すると、アジトで待機していた技術職の女性が、青年に声をかけた。

「あ、お帰り！　君が帰ってくるのを待ってたんだよ！」

「え？」

予想外の言葉に驚く青年。

すると、女性がニヤリと笑う。

「ようやくできたんだよ――君の高祖父様の元に向かう装置がね」

「なっ⁉」

「本当ですか⁉」

女性の言葉に、青年たちは驚いた。

「本当だとも。ただ……本当に君の高祖父様を連れてくることで、この状況を脱することができるという点については、未だに私は懐疑的だがね」

「……」

女性の言う通り、青年も自身の高祖父を頼っただけでこの状況が改善するとはとても思えなかった。

しかし、まだ機械騎士たちの侵略が激しさを増す前、青年の家で見つけた物こそ、彼の持つ布に包まれた剣であり、それを使っていた人間こそが、青年の高祖父だったのだ。

そして、未来予知系の『能力』に覚醒した者たちによって、この状況を脱する手段が調べられたところ、青年の高祖父を連れてくるように示されたのだ。

とはいえ、今はもう、藁（わら）にもすがる思いである。

青年は決意すると、口を開いた。

「……分かりました。すぐにでも出発しましょう」

「君ならそう言うと思ったよ。ほら、これを」

女性は青年に、一つの腕輪を差し出す。

「その腕輪は、君の高祖父が生きていた時代にタイムスリップするためのものさ。そして、向こうで高祖父を見つけたら、その腕輪の機能が自動で発動し、君とその高祖父をこちらの時代に連れてくるようになってる」

「……その感じだと、俺がご先祖様に状況を説明する暇はないようだな」

「もちろん。こちらは相手の余裕を気にしていられる状況じゃないからね」

「……それもそうだな」

青年はそう言うと、腕輪に視線を落とす。

そして……腕輪の機能をオンにした。

その瞬間、青年の体がどんどん粒子状になり、消えていく。

すると、その青年に、女性が声をかけた。

「では、よろしく頼むよ。この世界の命運は――――君に託した」

「気を付けてね」

「――――ああ、行ってくる！」

こうして、青年はその場から完全に消えてしまった。

――――果たして、この未来の結末は――――。

＊＊＊

サーラさんを寝かせた俺たちだったが、ふと霊冥様にまだお礼を言っていなかったことを思い出し、空夜さんに声をかける。

「空夜さん」

「ん？　どうしたんじゃ？」

「その、霊冥様にお礼を言いに行こうかと思いまして……」

「おお、そうじゃったそうじゃった。しかし、大丈夫かのぅ？」

空夜さんの言う大丈夫かとは、今この状況で俺が移動して大丈夫かということだろう。

「もちろん、完全に安心とは言い切れませんが……もしかすると、霊冥様ならこの状況についても分かるかもしれませんし、その確認も兼ねて、向かいたいんです」

「なるほどの。じゃが、こちらに関しては心配せんでもよかろう。何が目的じゃったのかは分からんが、奴らは一度仕掛け、失敗に終わったんじゃ。こちらが警戒していることは予測できるじゃろうし、少しの間は大人しくしてるじゃろう」

確かに、相手の目的は分からないが、またすぐに攻撃を仕掛けてくるとは思えなかった。

「ま、少し待っとれ。すぐに確認するからのぅ」

空夜さんはそう言うと、冥界にいる本体を通して、霊冥様とコンタクトを取るのだった。

＊＊＊

優夜からの頼みで、空夜が霊冥とコンタクトを取ろうとしている頃、冥界では……。

「――ぐぬぬ」

霊冥は、眉を顰め、真剣な表情でカードを見つめていた。

見つめられるカードの持ち主は、霊冥の部下である一角。

一角は呆れた様子で霊冥に告げた。

「いい加減諦めて、早く引いてください」

「うるさいぞ！　今、どっちがババか見極めてるんじゃ……！」

そう、冥界の主である霊冥がやっていたのは――――ババ抜きだった。

今まさに、霊冥は究極の選択を強いられており、ここでババを引かなければ、あがることができる。

霊冥は罪人を裁く時と変わらぬ真剣さで、一角が手にする二枚のカードを睨んだ。

「どっちじゃ……どっちがババなのじゃ……！」

カードと一角の表情を見比べるも、一角は一切表情を変えない……まさにポーカーフェイスだった。

そんな一角に対し、霊冥はますますムキになると、やがて決意する。

「決めたぞ――――こっちが正解じゃああああああ！」

勢いよく引き抜かれるカード。

霊冥が手にしたのは――――。

「ば……ババじゃああああああああああああ！」

――――ババだった。

「何故じゃ、何故ババなのじゃああああああああ！」

「どうやら運は、私に微笑んだようですね」

冷静にそう告げる一角に対し、霊冥は冥界の主とは思えぬほど、駄々をこねる。

しかし、すぐに立ち直ると、強気な表情で一角に向き直った。

「ま、まだじゃ！　ここでお主がババを引けば、我にも勝機はある……！」

「ほう？　私がババを引くとでも？」

「くぅぅう！　どこから来るんじゃ、その自信はああああ！」

完全に部下である一角に弄ばれている霊冥。

何とか息を落ち着けると、カードを背に隠し、よく混ぜてから、一角の前に差し出した。

「さあ、勝負じゃ！」

「……ふむ」

一角は二枚のカードを見つめると、霊冥を揺さぶるように、それぞれのカードをつまんだりする。

「ごくり……」

だが、霊冥は少しでも情報を与えないよう、一角の行動に反応しないように我慢していた。

その様子を見て、一角は鼻で笑う。

「フッ……儚(はかな)い抵抗ですね。どうせすぐに負けるというのに……」

「うるさい！　はよぅ引け！」

舌戦では勝てないと察した霊冥がそう急(せ)かすと、一角は真剣な表情を浮かべ、やがて一枚のカードに手を伸ばした。

そのカードは――――ババ。

ババを引き抜こうとする手に、力が加わった瞬間、霊冥は勝ちを確信した。

「――――甘いですね」

しかし次の瞬間……一角はカードを引き切る前にターゲットを変え、なんと……当たりのカードを引いていったのだ。

「なっ……」

勝ちを確信していた霊冥は、言葉を失う。

そして、一角は揃(そろ)った手札を場に捨て……あがってしまった。

「私の勝ちです、霊冥様」

「嘘じゃああああああああああああああああああああああ！」

頭を抱える霊冥。

しかし、結果は残酷なもので、霊冥の負けは覆らなかった。

すぐさま霊冥はカードを掻き集め、一角に縋りつく。

「もう一回！　もう一回じゃ！」

「駄目です。キリがないので」

「そこを何とかあああああああああああ！」

どれだけ叫ぼうとも、一角の態度は変わらなかった。

すると……。

「あ、あのぅ……」

「二角！　お主は一角が我の遊びに付き合うべきだと思うよな⁉」

「い、いえ、それは別に思いませんけど……」

「何故じゃああ……」

霊冥はもう一人の部下である二角からも、バッサリと切り捨てられた。

「そ、そんなことよりも、霊冥様。お客様です」

「へ？　客じゃと？」

「空夜様です」

――――こうして、空夜によって優夜が挨拶に伺いたいと言っていることを知った霊冥は、すぐさま許可を出した。

「一角、すぐさま優夜たちを連れてまいれ」

「かしこまりました」


しばらくして、一角は優夜と冥子を連れてくる。

その際、優夜が纏う力を見て、霊冥は目を見開いた。

「あの力は……」

「――――霊冥様！　お礼が遅くなってしまい、申し訳ありませんでした。改めまして、この前は本当にありがとうございました」

霊冥が優夜の力に驚いていると、優夜は頭を下げる。

「よいよい。あのまま放っておけば、冥界にも影響が出ていたじゃろうしな。何にせよ、無事に終わってよかった」

そう告げた後、今度は冥子にも視線を向ける。

「冥子も、元気そうで何よりじゃ」

「ありがとうございます！　ご主人様や、皆様のおかげで、楽しく過ごせてます！」

「うむ。それにしても……優夜。お主、また力をつけたのぅ？」

「そ、そうですか？」

「そうじゃとも。『存在力』もそうじゃが、『星力』も手に入れたのか？」

「『星力』ですか？」

優夜が身に覚えのない力の名前に驚くと、逆に霊冥（レイメイ）も驚いた。

「何じゃ、知らんのか？　微（かす）かじゃが、『星力』を感じるのじゃが……」

「えっと……それは、どんな力なのでしょうか？」

「そうじゃな……その名の通り、星の力……お主の場合は地球の力かのう？　てっきり消えたと思っておったが……」

霊冥がそう語った瞬間、優夜は冥子と顔を見合わせる。

「その……実は、お礼の他に、霊冥様にお聞きしたいことがあったんです」

「ん？　なんじゃ？」

霊冥がそう訊（き）くと、優夜は早速、地球で起きた出来事を語った。

それは棺から現れたサーラのことに加え、襲撃してきた神兵についてのことだった。

「その、霊冥様の言う『星力』というのは恐らく、このサーラさんの力だと思うんですが……」

「なるほどのぅ……」

話を聞き終えた霊冥は、険しい表情を浮かべる。

そして……。

「優夜。お主、また面倒なことに巻き込まれたようじゃのぅ。まさか、古の神が相手とはな……」

「そ、それはどういうことでしょう……？」

困惑する優夜に対して、霊冥は答える。

「お主の相手は――――かつて地球に君臨していた神じゃよ」

――――ようやく異世界の事件を片付けた優夜だったが……今度は地球の問題に巻き込まれていくようで――――。

＊＊＊

「！」


人通りの少ない路地裏に突如、光の粒子が降り注ぐ。

その粒子は徐々に人の形を形成していくと、やがて青年がその場に立ち尽くしていた。

「ここが……ご先祖様の時代……」

そこは、青年の知る戦火に包まれた世界ではなく、平和な人の営みが感じ取れる世界だった。

しばらくの間、呆然としていた青年だったが、やがて正気に返ると気を引き締める。

「こうしちゃいられない。早くご先祖様を探さないと……！」

――こうして、優夜の元に新たなトラブルが密かに迫っているのだった。

あとがき

この作品をお手に取っていただき、ありがとうございます。

作者の美紅(みく)です。


さて、今回の話ですが、シュウとの決戦に、ナイトたちの大冒険。さらには、サーラの登場に、謎の人物たちが地球に到来して……といった感じで、非常に忙しい巻になったかなと思います。

また、王星学園(おうせいがくえん)サイドでも、佳織(かおり)が求婚され、交換留学の話が出たりするなど、こちらもどうなるのか……。

作者である私自身、相も変わらず先が見えず、どうなるのか楽しみでありつつ、どうしたものかと頭を抱えております。ひとまず未来の私に任せましょう。

そして昨年の秋には『いせれべ』の新アニメ企画が進行中と発表されました。

これもアニメを含め、この作品を応援してくださっている皆様のおかげです。本当にありがとうございます。

これから情報が解禁されていくのを、皆様と一緒に楽しみにしていければと思います。

さて、今回も大変お世話になりました担当編集者様。

カッコよく、可愛(かわい)いイラストで作品を彩(いろど)ってくださる桑島黎音(くわしまれいん)様。

そして、この作品を読んでくださっている読者の皆様に、心より感謝を申し上げます。

本当にありがとうございます。

それでは、また。

美紅

お便りはこちらまで

〒一〇二‐八一七七
ファンタジア文庫編集部気付
美紅（様）宛
桑島黎音（様）宛

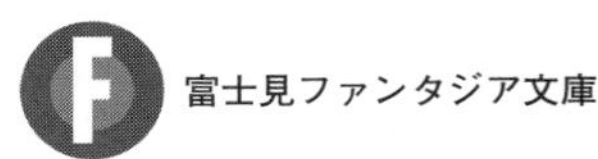

異世界でチート能力を手にした俺は、現実世界をも無双する15
～レベルアップは人生を変えた～

令和6年2月20日　初版発行

著者——美紅

発行者——山下直久

発　行——株式会社KADOKAWA
〒102-8177
東京都千代田区富士見2-13-3
0570-002-301（ナビダイヤル）

印刷所——株式会社暁印刷

製本所——本間製本株式会社

※定価はカバーに表示してあります。
●お問い合わせ
https://www.kadokawa.co.jp/（「お問い合わせ」へお進みください）
※内容によっては、お答えできない場合があります。
※サポートは日本国内のみとさせていただきます。
※Japanese text only

ISBN978-4-04-075300-3 C0193　◇◇◇